ソーリス・
フロレスクルス
アニエスとナゼル
バートの息子
ナゼルバート・
フロレスクルス
元王女に婚約破棄
された青年。家族
が増えて幸せいっ
ぱい
アニエス・
フロレスクルス
辺境で暮らす、元
『芋くさ令嬢』。
初めての育児に
奮闘中

デフィ
マイザーン王弟の
部下。解除という
貴重な魔法を使う
ロビン
婚約破棄騒動を
起こし、修道院に
いれられていた

包み込むように抱きしめて私を拘束した
ナゼル様は、せっせと世話を焼き始める。
機嫌がよさそうだ。
「ナゼル様、お仕事は？」

芋くさ令嬢ですが
悪役令息を
助けたら気に入られました
著 桜あげは
Ageha Sakura
絵 くろでこ
Kurodeko
6

Contents

It is the girl who was not sophisticated,
but I was liked by villain when I helped.

❶ 賑わうスートレナ

砦（とりで）に出勤したナゼルバートは、午前も午後も忙しく建物の中を動き回っていた。

隣国ポルピスタンから帰国してからも、仕事の量は減らないのだ。

（はあ、あっという間に時間が経（た）ってしまう）

時刻はもうとっくに昼を過ぎている。

朝一番に魔獣対策の指示を出し、新たな住人の受け入れについてや、役人向け人材を生み出すための教育についての議論をし……。

とにかく、休む暇がない。

「これでもマシになったほうだけれど、新たな仕事が増えていくなあ……」

考え事をしながら歩いていると、二人分の軽やかな足音が近づいてくる。

「あ、義兄上（あにうえ）っ！」

「ナゼルバート様！」

嬉（うれ）しそうな表情で駆けてくるのは、スートレナの期待の星、新人役人のポールとリュークだ。

隣国の学校を優秀な成績で卒業した二人は、約束どおりスートレナで就職してくれた。

今は、先輩役人たちに業務を教わっている最中で、砦での評判はいい。

もう少し経験を積んだら、新しく増えた領地に二人を派遣する予定だ。

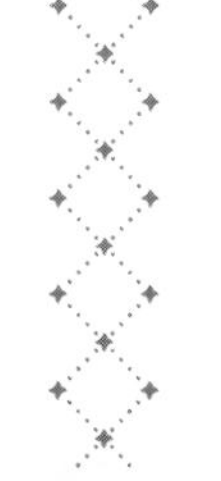

「二人とも、仕事には慣れたかい？」

尋ねると、ポールたちはキラキラと目を輝かせて頷(うなず)いた。

「はい！　皆さん、とても親切です」

「平和な環境で、業務に集中しやすいです」

「それはよかった。困ったことがあれば何でも言って」

二人は声を揃(そろ)えて「ありがとうございます！」と元気よく答える。

「義兄上は魔獣対策のお仕事ですか？　たしかスートレナでは定期的に大規模な魔獣による災害があるとか……」

ポールの言葉に、ナゼルバートは頷いた。

「ああ、毎年のことだけど、しっかり対策しないとね。根本から魔獣の暴走をなくすことができるのが一番だけれど、まだその方法は確立されていないから」

ナゼルバート自身もまだ原因を探っている最中である。

魔獣駆除係のコニーたちも、生態調査をするなど協力してくれているが、結果は出ていなかった。

「あ、あの……」

ポールの横から、おずおずとリュークが声を上げる。

「現在の魔獣対策は生物学的なアプローチがメインだと聞いています。歴史的な観点から調べてみてはいかがでしょうか？　以前のビッグホッパーのように、資料や痕跡から、何かわかることが出てくるかもしれません」

以前、ナゼルバートとアニエスがポルピスタンへ行った際、滞在先のマイザーン領でビッグホッパーという名の魔獣による被害が起こっていた。

ビッグホッパーはポルピスタンに生息する昆虫のバッタとよく似た魔獣だ。

しかし、サイズは人間の十歳前後の子供ほどもある。

普段は大人しく、通常のバッタと同じく畑の害虫という認識だ。大きいので見つけやすく、臆病で攻撃性もないためバッタより駆除が楽らしい。

しかし、一定以上の数になり、個体間の密度が増すと、ビッグホッパーは相変異を起こす。

黒い体色にオレンジ色の入った、凶暴な魔獣に変わってしまうのだ。そうなるとビッグホッパーは恐ろしい食欲を発揮し、場合によっては人々を襲い始める。

さらには体から紫色の毒のような魔力を出して大地を汚染し、植物が育たない場所にしてしまうのだ。

「なるほど、貴重な意見だ」

顎に指を当て、ナゼルバートはリュークの提案について考える。

（いい案だけど、スートレナには歴史に強い人材があまりいないからな。そもそもポルピスタンのように学問が盛んではないし）

アニエスの提案する教育機関ができれば状況が変わってくるだろうが、今のところそこまでの教育レベルに至っていない。

「リューク、ポルピスタンには、新月の日に起こる魔獣暴走と似たような事例はないのかな」

「俺の知っている範囲ですが、北の国境沿いの川付近では、年に一度大規模な魔獣による被害が出ています。スートレナと似たような状態ですね。あとこれは最近の事例ですが、ビッグホッパーに荒らされた後の土地で暴走した魔獣がいたようです。年に一度の大規模な暴走が起こる新月の日ではなく、普通の新月の日なのですが……」

「それは、今年の被害が心配だね」

「はい。父からの情報によると、マスルーノ公爵やバレン殿下が対応しているようですが。前例がないので、何が起こるかは未知数だそうです。国境沿いのようにならなければいいのですが。しかも、この時期のマスルーノ公爵領は天候も荒れますからね……そちらも心配です」

ナゼルバートは頷いた。

それはスートレナも同じだ。西の海の水が温められて上昇気流となり、やがて巨大な雲となって嵐に成長していくのだ。

その嵐は、ポルピスタン北部、あるいはデズニム南部のスートレナに甚大な被害をもたらす恐れがある。発生するまで軌道は読めない。

幸い、ナゼルバートが赴任してから大きな被害は出ていないが、赴任前には何度か大規模な嵐の被害があったらしく、過去の資料に記載されていた。

大規模な嵐が発生するかどうかは現時点ではわからない。

だが、こちらはこちらで対策をとる必要がある。もう少しすれば、「天気予報」の魔法を持つ職員が、嵐の有無や進行方向を判断してくれるだろう。

「とりあえず、ビッグホッパーと新月の魔獣暴走の関連性について調べてみよう。いくら田舎とはいえ、スートレナの被害は他の田舎領地と比べても酷いからね。リューク、君の仕事量を調整するから、歴史的な観点で魔獣の暴走を調べてくれるかい？」

「はい、もちろんです。調べ物ならお任せください」

　歴史好きなリュークは、まっすぐな瞳でナゼルバートを見て頷いた。

（頼もしいな）

　将来有望なポールとリュークがさらなる成長を遂げ、貴重な戦力になってくれるのが今から楽しみである。

　話をしていると、彼らの先輩に当たる職員が「おーい」と二人を呼んだ。

　これ以上、ポールとリュークを引き留めるのは悪い。

「それじゃあ、仕事を頑張って」

　先輩職員にリュークのことを告げたナゼルバートは、そのまま自分の業務へ戻った。

（せめてアニエスが出産するときは、傍にいてあげたいから、今のうちに仕事を片付けておかないと）

　できることに限りがあるとはいえ、初産で不安な彼女を一人にするなんてできない。

　精神面での支えなら夫である自分にできるはずだと信じ、ナゼルバートは当日時間が取れるよう業務の前倒しに勤しむのだった。

※

朝露に濡れた柔らかな草を踏みながら、うっすらと霧がかかる庭をゆっくり進んでいく。

早朝の静かな庭にはまだ人影がないが、時折早起きな鳥たちのさえずりが聞こえた。

私、アニエスは澄んだ空気の満ちた屋敷の庭をぐるりと見回す。

（うーん、いい朝ね）

デズニム国の南端に位置するスートレナには乾季と雨季の二季があり、王都風に言うと今の季節は夏になる。

スートレナはちょうど乾季の後半に入る。

昼間は少し暑いが、雨季よりは過ごしやすくいい季候だ。緩い雨が降り続く雨季は眠い。

歩きつづけて少しすると、目の前に巨大なヒマワリたちが現れた。

ナゼル様が今年になって植え始めた、種が食べられる品種である。ついでに種からは油も採れる。

（綺麗だけど……大迫力！）

この広大な領主の屋敷の庭も、今ではだいぶ手が入って過ごしやすくなった。

専門の庭師はまだいないが、スートレナの人々は草木の世話をするのが好きなので、なんとなく少しずつ、様々な人の手が加えられ、無法地帯だった庭が整備されてきている。

空いた場所に好きな花を植えたり、はたまた庭木をまん丸に刈ってしまったりと、皆は自由に屋敷の庭を改造していた。

結果的に綺麗になっているので誰も気にしない。スートレナの民はアバウトなのだ。

南国特有の気候がそうさせるのかもしれない。

以前の私は几帳面ではなかったが、ここへ来てから、さらに小さなことは気にならなくなった自覚がある。

（散歩は楽しいわね）

庭を流れる川の前まで来た私は、穏やかな光を反射してキラキラゆらめく透き通った水面に、そっと自分の姿を映す。

臨月のお腹は大きくて重くて、もう屈むことはできない。

（きっと、あと少しで出てくるわね）

私はそっと、自らのお腹を撫でた。以前よりも、中にいる子供の存在を強く感じる。

楽しみな気持ちと少しの不安を抱え、私はくるりと回れ右した。

きっともうすぐ、過保護で心配性のナゼル様が、私を探しに来る頃だと思うから。

（ナゼル様だけじゃなくて、ケリーたちも……全員が過保護なのよね。単に私の信用がないのかしら？）

これまた巨大なオレンジ色のハイビスカスが咲き誇る花壇を抜け、私はゆっくり屋敷へ向かう。

豊かな森林に囲まれたスートレナは、近頃どんどん人口が増えていた。屋敷で保護していた令嬢たちも積極的に外へ出て行って、様々な分野で活躍し始めている。

「んしょっ」

再び巨大なヒマワリに挟まれた通路を、えっちらおっちらと歩き続けていると、反対側からナゼル様が歩いてきた。

こちらに気づいた彼は早足で歩み寄ってきて、私の体をいたわるように優しく支え、問いかける。肩に回るナゼル様の腕が温かくてドキドキした。

「アニエス、どうして一人で出て行ったのかな。心配したんだよ？　途中で倒れていないかとか、体の負担が大きくて帰ってこられないんじゃないかとか……」

「いつも言っていますが、ナゼル様は心配のしすぎです。体力の維持や筋力低下を防ぐため、少しの運動は必要なんですよ？　妊婦向けの本には、適度な運動は安産に繋がりやすいとも書かれてありましたし」

「理屈はわかっているよ。でも君が心配な気持ちは別物で……っと、こんな場所で問答している場合じゃないな。さあ、そろそろ朝食の準備が終わった頃だ。アニエス、一緒に戻ろう」

優しい声で告げられた提案を、私は断れない。過保護すぎるきらいはあるが、ナゼル様が何よりも私の体を案じてくれていることはしっかり伝わっている。

「はい……」

生い茂るヒマワリを見ながら、私たちはゆっくりと来た道を戻った。

徐々に太陽が上空へと昇り、日差しが強くなっていく。

「そろそろ、だね」

ふと、ナゼル様が私のお腹を見て呟いた。

「そうですね。お医者様の予測どおりに出てきてくれれば……ですが」

これはかりは、赤ん坊の気分次第である。正確な時期なんて把握できない。

「子供の誕生は嬉しいけれど、アニエスの体が心配だ」

「お医者様は、ものすごく順調だと。健康状態もばっちりだそうです」

「その状態を維持するためにも、早く屋敷へ戻ろう」

そんなに遠くへ行ったわけではないので、話しているうちに屋敷の裏口まで来てしまった。

朝食の準備を終えたらしい料理人のメイーザが表まで出てきて、「朝食はテラス席でお召し上がりになりますか？」と尋ねる。これにはナゼル様が答えた。

「そうだね。アニエス用の席の準備を」

言うと、デズニム国の各地から集まってきた、屋敷の新人メイドたちが、えっちらおっちらと大きな椅子をテラスへ運んでいく。

街の像職人の皆さんが妊婦用の安全で頑丈な柔らかい椅子を作ってプレゼントしてくれたのだ。

あとでちゃっかり、新作の「妊娠中の領主夫人像」を作っていたが、彼らのくれた椅子はとても座りやすいので口は出さずにいる。

すぐに給仕担当メイドのマリリンが、美味しそうな料理をテーブルに並べ始めた。

庭で採れた野菜中心の、妊婦の健康によさそうな朝食である。

私とナゼル様は、時を追うごとに料理の腕を上げているメイーザの朝食を堪能した。

食事が終わると、侍女頭のケリーが、現国王のベルトラン様からナゼル様宛の手紙を持ってきた。

「先ほど、騎獣便で届きました」

騎獣便とは、最近施行され始めたベルトラン様による国家事業の一つで、早足自慢の天馬やワイバーンによる速達サービスのことだ。

これがあれば、王都から離れたスートレナにでも、比較的早く手紙を届けることができる。尚(なお)、現在、ベルトラン殿下は自身のように『収納』系の魔法を持つ人材を集めて騎獣便に乗せる、『保存便』も検討中であるとのこと。『収納』のような魔法は、中に入ったものをそのままの状態で維持できる場合が多い。そのため、腐りやすい荷物の運搬などが期待されている。

もし『保存便』が作られたら、スートレナの名産の一つであるヴィオラベリーパイも出荷し放題だ。

ナゼル様はケリーから手紙を受け取ると、その場で読み始めた。

「これは……」

目を通したナゼル様は少し驚いた表情を浮かべたあと、手紙を私に差し出す。

「えっ、読んでいいんですか？」

私は戸惑いつつ、彼から手紙を受け取った。

まじまじと内容に目を通すと、中には嬉しいニュースが書かれている。

「ラトリーチェ様がご出産……？　しかも、双子の王子様？　あらまあ、おめでたいですね。お祝いは何がいいかしら」

王都の情報が届きにくいスートレナではともかく、きっと今頃王都ではお祭りムードになっているのだろう。

ナゼル様も優しい笑顔で頷いている。

「スートレナの皆にも、王子たちの誕生を知らせよう」

「はい！」

私も彼の言葉に同意した。

いつか、顔を見られたらいいなと思いながら、私は手紙をナゼル様に返す。

「ラトリーチェ様も王子様たちも、お元気そうでよかったです」

なんといっても、出産は命がけだ。

「あら……」

白い封筒の中にもう一枚手紙が入っていたようだ。

「なんだろう」

新たな手紙を取り出したナゼル様は、顔をしかめながらそれを読んでいる。先ほどとは異なる表情なので心配だ……。

「ナゼル様、どうかされたのですか？」

尋ねると彼は難しい顔で答えた。

「アニエスに知らせるべきか悩ましい内容なのだけれど」

「じゃあ、知らせてください。私なら大丈夫ですから」

ナゼル様は私を繊細な令嬢扱いしてくれることが多い。

だが、自分がかなり図太い人間であると、私が一番わかっている。そして、その図太さは年々増していく一方である。

「それなら話すよ。実は、こちらの手紙には『ロビンが脱走した』と書かれてる。どうやら、センプリ修道院から逃げ出したみたいなんだ」

「ええっ!?」

「現在、センプリ修道院の周辺では、大規模な捜索活動が行われているそうだよ。まったく、相変わらず人騒がせな奴だな」

「早く捕まるといいですね」

「あの辺りは山ばかりだし、ロビンの体力では逃げ切れないんじゃないかな」

なんにせよ、センプリ修道院はここから遠い。私たちはスートレナから、ロビン様がさっさと捕まってくれることを祈った。

朝食を終えると、ナゼル様はいつものように砦へ向かう準備を始めた。

「アニエス、これから砦へ行って王子誕生の報告がてら、今年の魔獣退治の対策をしてくるね」

「はい、お気をつけて。忙しい時期ですね。今年も大きな被害はなく、無事だといいですが」

「大丈夫だよ。アニエスが俺に素敵な魔法をかけてくれているから」

私の魔法は『絶対強化』という珍しい種類のものだ。

物質を丈夫にするだけではなく、生き物の体も頑丈にし、植物を強くして成長を早め、土壌を強くして汚染を消し去り……という、まだまだ解明されない部分の多い魔法ではあるが、この力に私は何度も助けられた。

「それにしても、もう魔獣の発生する新月の時期なのですね。毎年思いますが時が経つのは早いです」

私はスートレナへ来た当初の魔獣被害、その翌年の魔獣退治について思い返した。

デズニム国では、大気に満ちる魔力が不安定になる影響で、年に数回、魔獣が凶暴化する時期がある。

(他の土地はそうでもないんだけど、スートレナは魔獣の数も多いし、凶暴化もしやすいから大変なのよね)

主にそれは新月の日で、中でもこの時期の新月の日にはひときわ大規模な魔獣被害が見られる。

この現象自体は隣国ポルピスタンでも確認されているそうで、今のところ事前対策の方法は確立されておらず、我を忘れて暴れる魔獣を退治することで対処する他ない。

魔獣が多く生息しているスートレナでは、ナゼル様が就任するまで毎年大規模な被害が出ていた。

だが、私たちがここへ来てからは建物や防壁の強化、領主の屋敷への避難などで死者は出ていない。初年度のことがあってから、私は現場へ行くのをナゼル様に禁止されているけれど。

「魔獣退治係も実力をつけてきているし、俺も最近さらに強く頑丈になったから被害は減る一方だよ」

「それでも心配なんです」

「君のおかげで怪我はしないから大丈夫。近頃はうっかり柱にぶつかると、柱が凹んでしまうくらいだ」

「……ちょっとだけ調節しておきます」

ナゼル様の言葉は事実だった。

デービア様との決戦のあと、彼の部下に刺されたナゼル様に私は渾身の強化魔法をかけた。

夢中すぎて何をどうしたのかは覚えていないが、死にかけていたナゼル様は奇跡の復活を果たして一命を取り留めた。おそらく、毒をなかったことにできるほど、ナゼル様の体が強くなってしまったのだと思われる。

そのときの魔法のせいなのか、彼は以前にも増して、ちょっとやそっとでは怪我をしない恐ろしく頑丈な体になってしまったのだ。

（でも、あんな酷い目には二度と遭ってほしくないから、頑丈なナゼル様のままでいいわよね。今のところ柱が凹む以外のことでは困っていなそうだし。その部分だけ気をつければ問題ないはず）

他の不利益は被っていないらしいので、ぜひともそのまま無敵の状態でいてほしいと思う私だった。

「それじゃあ行ってきます、アニエス」

近くまで来たナゼル様は間近で屈むと、私の唇に軽くキスを落とした。

いつの間にか恒例になった……いや、ナゼル様がちゃっかり恒例にしてしまった「行ってきますのキス」である。

「んっ……行ってらっしゃい」

椅子から立ち上がった私は、体に負担のない範囲で彼を見送った。

どんどん新しい仕事が出てくるため、ナゼル様はいつも多忙だ。

(魔獣に加えて、嵐の件もあるのよね)

スートレナには、雨季の初め頃に大きな嵐が来ることがある。

私がこの地を訪れてから今まで大きな被害は出ていないが、もともと乾季と雨季の境目は天候が荒れやすいらしい。

その際スートレナで起こるのが、暴風による建物の崩壊や川の氾濫による浸水、土砂崩れや雷の被害なのだそう。

川の反乱を抑えるため、ナゼル様はかねてから治水のための対策に取り組んでいた。

だから以前ほど大きな被害は出ないはずだ。

ただ、土地が低い場所や山の近く、風の直撃を受ける場所などの被害を今すぐ防ぐことは難しい。

追々対策したいところだが、人手が足りないのだ。

何をしようにも、人手不足という壁にぶち当たってしまう。

幸い、隣国ポルピスタンにあるマスルーノ国立学校を卒業したポールや、彼の親友であるリュークも、最近ナゼル様のもとで役人として働き始めた。彼らが一日も早く一人前になって、ナゼル様やスートレナの人々を助けてくれるようになることを祈るばかりだ。

二人は現在、砦の近くにある独身寮で生活している。

屋敷に来ないかと誘ったものの、ポールから「僕らはもう、一人前の漢（おとこ）です。一人暮らしだって朝飯前なのです！」と自信に満ちあふれた目で断られてしまった。

しかし、ポールは私の弟ということもあって、よく屋敷に顔を出す。リュークもよく、一緒についてきていた。彼らの目的はわかっている。ケリーだ。

ポールとリュークは頼もしい年上の侍女頭に夢中なのである。

ケリーのほうは相変わらず、年下男子たちの求愛に気づいていない。

（もっとグイグイ押さないと気づいてもらえないわよ）

私は「仕事一筋」と公言するケリーにも、素敵な恋人ができればいいなと思っている。

さりげなくケリーに彼らの印象を聞いてみたが、今のところ、砦の職員であるコニーも含めて、全員が「弟のような存在」以上にはなれていない様子。まだまだ年下男子たちの道のりは長い。

（私は私で、学校建設の件を着実に進めていかないとね）

現在、スートレナに誰でも知識を身につけ、役人になるための学校を建設中である。

最初は逃げ出してきた元令嬢たちによる一般教養の授業と、砦から呼んだ職員による各分野の授業を行う予定だ。そこから、徐々に職人になるための知識など専門的な分野の学問も追加していきたい。

学校で人々が様々な知識や技能を身につけることができれば、今よりも人手不足が多少解消されるはずである。

ナゼル様が出かけてしまったので、私も可能な範囲で仕事をしようとゆっくり屋敷の空き部屋に向かう。

（さてと、嵐や魔獣被害に向けて、また屋敷を避難所として開放しなきゃね。意外と好評だし……）

今年もスートレナの領民たちのために、屋敷を避難所として開放する準備は必要だ。

出産日が近づいているということもあり、無理はできない状況だが……。

「アニエス様」

仕事のことを考えていると、後ろから歩いてきたケリーに声を掛けられた。

「予定日が近いので、今日からはお仕事も控えてください。体に障ると大変です」

「大したことはしていないわ。疲れたらすぐ休むし……」

「控えてくださいませ。避難所のことでしたら、すでに手の空いているメイドたちに指示済みです。そのお体で無理をしてはいけません」

一歩も引かないケリーから、強大な圧を感じる。正直、勝てそうにない。

「……はい」

何一つ反論できない私は、すごすごと引き下がるしかなかった。

この日から私は、しばらく休養期間に入ることになる。

そんな穏やかな日常が続いていく中、暇な私は自室でメイドたちの間で流行っている恋愛小説を読むのにハマり始めた。前から興味を持っていた生き物に関する本は、あらかた読み尽くしてしまったのだ。

屋敷で働くメイドたちの多くは文字を読むことができる。貴族令嬢出身の子が多いので、平民出身でも彼女たちから文字を教わったりできるからだ。

室内で楽しめる娯楽ということで、私は彼女たちから恋愛小説を薦められ、ナゼル様も「妊娠中に一人で外に出てしまうよりはいいね」と、それに賛成している。

メイドたちが持ってくる小説は様々だ。お姫様が登場する子供向けのおとぎ話だったり、令嬢の初々しい初恋の物語だったり、貴族の青年に恋した平民女性の切ない恋模様だったりと、バリエーション豊かである。

今読んでいる話は、とある妖艶な貴族の夫人ビエッタが主人公の物語だ。なんだか人間関係がドロドロしている。

ハーブティーを持ってきたケリーが、ふと私の読んでいる本のタイトルを見て目を細めた。

「アニエス様、その本は……」

「ああこれ？　メイドたちの間で流行っている恋愛小説みたいなの。まだ最初のほうしか読めていないのだけれど」

「それは官能小説ですよ。表紙をちゃんとご覧に……その様子では確認されていませんね？　メイドたちには職場に官能小説を持ち込まないよう注意していたのですが、紛れてしまったのでしょう。令嬢出身のメイドたちは、実家にいたときの反動か激しい読み物を好むようで」

「この本、官能小説だったの？　知らなかったわ」

積まれていた本を上から順に読んでいただけなのだ。

一旦本を閉じた私は、改めて表紙を確認する。

「ええと、『堕ちた妖艶悪女は快楽に溺れる』？　ふぁっ!?」

なんとなくそれっぽい感じのタイトルである。

おそるおそる、中も開いて見てみる。自分が読んでいた場所よりも先の部分の、おそらくクライマックスであろう場所を――。

「んん。骨張った皇帝の指がビエッタの赤く熟れた……に……が……で。ひゃあっ、本当に官能小説!?」

「アニエス様、音読は止めましょう。こちらは私がメイドに返しておきます」

差し出されたケリーの手に、私は本を手渡そうとする。

「ええ、ありが……うっ」

しかし、突如、私の体にズキンと痛みが走った。大きな声を上げてしまったからだろうか。

「どうされました、アニエス様!?」

ハッとした様子で、ケリーが私の傍に駆け寄った。

「ケリー……なんだか、お腹が……痛くて」

「それって」

何かを察したように、ケリーの表情が険しくなる。

「アニエス様、もしや……？　この場でお待ちください、すぐ医者を呼んでまいります」

「うう……」

ケリーは素早く動き、医者を呼びに走った。

その間に部屋にはメイドたちが入ってきて、あれよあれよという間に何かの準備が整えられていく。お湯やら布やら、何やら大がかりだ。

「……あ、あら？」

バタバタと医者やら助産師やらも集結し、砦に出勤していたナゼル様もダンクに乗って戻ってきた。

そこでようやく、私は自分の身に起きている現象を知った。

部屋に駆け込んできたナゼル様は、心配そうな顔で私を気遣う。

「アニエスが産気づいたと聞いて、急いで帰ってきたんだ。体は？」

「さっきからお腹が痛いんです」

「陣痛だね。俺がアニエスに代わってあげられたらいいのに」

私の手を握りながら、ナゼル様が憂い顔で囁（ささや）いた。

「お気持ちだけで十分です」

ナゼル様が出産するのは無理がある。

でも、私を安心させようと一生懸命な彼の、穏やかな琥珀色（こはくいろ）の瞳を見ると、少しだけ気持ちが落ち着いた。

それから、ナゼル様と医者に見守られながら陣痛の波を耐え、いよいよ破水して子供が生まれる段階になる。

「アニエス、俺はこの部屋の外にいるからね。何かあればすぐ呼ぶんだよ？」

ナゼル様は名残惜しそうな顔をしながらも、医者の指示で廊下へ出て行った。出て行くついでに、ベッドに転がっていた本も片付けて持って行ってくれる。

「う、うう……」

痛みに耐えていると、ふと、私はナゼル様が持って行った本が、例の官能小説だということに気づいた。

（ひいっ、ナゼル様がタイトルに気づかなければいいけど。私の趣味だと思われたらどうしよう）

心配だが、今はそれどころではないし、そもそも動けない。

断続的な痛みが襲ってきた。

（うう、なんとかなれ――――！）

私は目下の問題をひとまず投げて、力の限り息んだ。

「そうですよアニエス様。その調子です、頑張って」

がっしりした体つきの、年配のベテラン助産師の女性が応援してくれる。

「痛みの波と腹圧をかけるタイミングを合わせるんです」

「ふんー！」

「アニエス様、頑張ってください！」

ケリーも助産師を手伝いながら、声を掛けてくれる。

そうして、少し時間が経ったあと、私は元気な男の子を出産した。

「みぎゃーっ、みぎゃーっ！」

部屋の中に赤ん坊の泣き声が響き渡る。とても元気なようだ。

「アニエス様、頑張りましたね！　おめでとうございます、元気な男の子ですよ」

赤ん坊を取り上げた助産師が笑顔で声を掛けて教えてくれた。

「う、よかった……」

ぐったりした私は動くことができず、助産師に泣き叫ぶ赤ん坊を見せてもらった。

小さくてしわしわの、大きな声の赤ん坊だ。だが、自分の子だと思うと、愛おしさが湧いてくる。

「可愛い……」

私はそっと手を伸ばして赤ん坊に触れた。

「今までに立ち会った中で、アニエス様が一番の安産でしたよ。初産でしたが、母子ともに何ごともなくなによりです」

「そんな気がしたわ。お腹は痛かったけど割とするりと出てきたもの。ポールを産んだときのお母様はもっともっと時間がかかっていたのに」

「ですがアニエス様、産後一ヶ月は、無理は禁物ですよ。きちんと安静にしていてください」

ケリーが助産師の隣で「そのとおりです！」と力強く頷いている。

（しばらく働くのは無理そうね）

彼女の包囲網をかいくぐるのは至難の業だ。

しかも、絶対にナゼル様やメイドたちも一緒になって追いかけてくるだろう。

考えていると、赤ん坊の泣き声を聞きつけたナゼル様が、もう待てないという感じで部屋に入ってきた。ちょうどケリーが汗を拭き終えたところだ。

「アニエス！　無事かい!?」

「ナゼル様……はい、大丈夫です」

「無事でよかったけど、大丈夫には見えないよ？　しばらくはケリーたちの言うことを聞いて、大人しくしているんだよ」

「うう……」

ナゼル様からも厳重注意を受けてしまった。

（……信用がないのかしら）

揃いも揃って、皆過保護である。

「ナゼル様、赤ちゃんはあっちです。今は産湯に浸かっています」

赤ん坊は泣き叫びながら洗われていた。

洗い終えた赤ん坊を新しい布で拭き、助産師がナゼル様に見せる。

「どうぞ、ナゼルバート様。可愛い男の子です」

「ありがとう」

ナゼル様は感極まったような、なんとも言えない表情で赤ん坊を見ていた。

泣き疲れたのか、赤ん坊はうとうとと眠り始めている。

私は微笑みながら、赤ん坊に視線を移した。

「ところで、この子の名前ですが、以前一緒に考えた名前にしますか？」

ナゼル様と私は、既に赤ん坊の名前を考えている。

男の子ならソーリス、女の子ならルーナにしようと話していたのだ。

「うん、そうだね。男の子だから、ソーリスにしよう」

自分の名前を認識したのか、ナゼル様が話したタイミングで、赤ん坊がむぎゅっと足を動かした。

しかし、眠いようだ。だんだん瞼（まぶた）が閉じてきている。

「ソーリス」

私は赤ん坊に優しく呼びかける。ナゼル様も愛おしそうに自分の子を見つめていた。

（ナゼル様と私の赤ちゃん……）

生まれたての赤ん坊は、小さなゆりかごを用意してもらい、私の横で寝息を立て始めた。

ぷっくりしたほっぺと、むちむちした体が印象的だが、平均サイズの赤ん坊だとのこと。医者も診察に来たが、今のところ健康に問題はないらしい。

温かな気持ちを感じながら、しばらくじっとしていると、ナゼル様が何かを思い出したように「あっ」と声を上げる。

「そういえばアニエス、君の部屋にあった本だけど」

「……っ!?」

私はハッとしてナゼル様から目を逸（そ）らせる。

彼が片付けてくれた、あの官能小説のことをすっかり忘れていた。

「恋愛小説だと思って表紙を見たら、大人向けの本で……ケリーが『持ち主に返しておきます』と言って持って行ったよ。ああいうのが、アニエスの好みだったんだね」

「ち、違うんです！　あれはメイドさんが間違って持ってきてしまっただけで、私が希望したものではありません。断じて私の趣味ではないのです！　最初のほう――ビエッタが皇帝の婚約者選びに参加するところまでしか見ていないし、いかがわしいシーンまで行っていません！」

「やっぱり読んでいるんじゃないの？　うん、俺は表紙しか見てないけど……今後は期待に添えるように努力するよ。とりあえず、今度本を貸してもらおうと思う」

「なんの努力!?　というか、読まなくていいですから～」

ナゼル様の中で誤解が広がっているようだが、こんなときに限ってケリーは席を外していて、しばらく戻ってきてくれないのだった。

※

無事にソーリスを産み終えた私は、ほぼ横になったまま休息の日々を送っていた。

心配性のナゼル様はしょっちゅう私の顔を見に来る。砦での仕事も屋敷に持ち帰ってきたみたいだ。

「アニエス、体の具合は大丈夫？」

「はい。動くのは大変ですが、きちんと休めばすぐ戻るかと」

「くれぐれも、しっかり休んでね」

念を押すナゼル様。やはり、私はとても信用がないらしい。

「あ、そうだ。乳母の手配はできたから、君が落ち着いたら紹介するよ」

「乳母をしてくれる人が、見つかったのですか？」

「ヘンリーの奥方……ビルケット夫人が務めてくれることに決まったよ。彼女は貴族出身だし、今まで三人を出産している。半年前に赤ん坊が生まれたから、乳母として働けるとヘンリーが言っていた」

「えっ、ヘンリーさんの奥さんが？　今まで話題に上らなかった方ですが、ちょうどいい条件の人がいたんですね」

ヘンリーさんは王都に居を置く子爵家の三男だし信用のおける人だ。彼の家族ならきっと大丈夫だろう。住まいも遠くない。

「知り合いの身内なら信用できるし、夫人本人も話が出たときからやる気満々らしい。働いたことがないので、不安だとも話していたけれど」

この国では侍女として花嫁修業を積む貴族女性もいるが、令嬢時代に社会経験を積むことなく過ごしてきた、働き慣れていない女性も多い。

私も、その中の一人だった。

「メイドさんたちのサポートもありますし、困ったことがあれば、なるべく要望に添う形で進めようかと思っています」

せっかく来てくれるのだから、できる限りいい環境を提供したい。

デズニム国の乳母の中には、悪い待遇で雇われる人もいるのだ。特に平民はその傾向が強い。

よくあるのは、自分の子を家に置いてこなければならないという条件つきの募集である。

もちろん、その間母親は貴族の家に泊まり込みで仕事をせねばならず、置き去りにされた子供は代わりに乳を与えてくれる相手がいなければ死んでしまう。中には、自分の子と雇い主の子を取り替えてしまうような強者（つわもの）もいるにはいるらしいが。

（せっかくうちの屋敷へ来てくれるのだから、最大限いい待遇で迎えたいわ。もちろん自分の子を連れてきてもいいし、四六時中ソーリスに付きっきりにならなくてもいい）

私は子育てに向いていそうなベテランメイドたちをピックアップし、ヘンリーさんの奥さんの補佐をお願いすることに決めた。

「そうだね。ビルケット夫人は子供の扱いに慣れていると思うけど、念のため何人かサポートをつけよう。それから、彼女の三男はまだ赤ん坊だから、夫人と一緒にいることになりそうだ。他の二人の子供も屋敷に顔を出すかもしれない」

「大歓迎です」

それは賑（にぎ）やかになりそうだ。

屋敷には子供好きが多いので、子供たちは歓迎されるだろう。

※

数日後、体を回復させている最中の私のもとに、ヘンリーさんの奥さんが来てくれた。

ケリーに案内されてきた彼女は、ゆるくウエーブのかかった長く淡いプラチナブロンドの髪に、涼しげな薄紫色の目をした美しい女性だった。

「はじめまして、アニエス様。ホーリー・ビルケットと申します～」

彼女はぽやんとした微笑みを浮かべ、ふんわりと丁寧にお辞儀する。

柔らかな一人がけのソファーに座っていた私も、立ち上がって彼女に挨拶した。

「……アニエス・フロレスクルスです。わざわざ来てくださって、ありがとうございます」

事前に聞いた話だと、ホーリーさんはヘンリーさんより二つ下の三十歳。

線が細く儚(はかな)げな女性だが三人の子供がいて、一番下の子はまだ乳飲み子だ。

彼女が着ている淡い菫色(すみれいろ)の服が、妖精のように繊細な雰囲気をことさら強めている。

(可愛い服が好きなのかしら、ヘンリーさんの趣味かしら?)

仕草が既婚女性というよりは少女のようで、支えてあげたい気持ちに駆られてしまうような雰囲気が彼女にはあった。

「私もお世話しますが、手が回らないこともあるかと思います。ソーリスのこと、よろしくお願いします」

私はホーリーさんを見て、続いてよく眠っているソーリスに視線を移した。

ホーリーさんもつられてそちらに目を向ける。

「まあ～、お可愛らしい。お任せください」

彼女は自分の子供も屋敷へ連れてきていた。

メイドたちの手を借りつつ、ソーリスの子育てを手伝ってくれる予定だが、もちろん彼女自身の子供も屋敷で一緒にお世話することになる。

貴族の女性の中には、乳母に任せきりで何ヶ月間も子供と会わないという人もいるけれど、私はできる限りソーリスに関わっていこうと思っている。

「ホーリーさんが優しそうな人でよかったわ。ところで、どうしてこの仕事を引き受けてくれたんですか？」

「スートレナへ来てからの私は、ずっと家にいましたから～。そろそろ、新しいことを始めてみたかったんです。ただ、ずっと令嬢として育ってきたものですから、普通に勤めるのも難しくて……新しく何かを始めるにも、一人では辺境でどうすればいいのかと途方に暮れていましたわ。そんな折、ここなら安心して働けると夫が……」

「そうだったのね。ホーリーさん、もし乳母の期間が終わっても働き続けたいというなら、私に相談してください。今、男女問わず教養のある人を募集しているんです」

「教、養……？」

「はい、実はスートレナで学校を作っていて、基礎から専門まで教師のなり手を広く探しています。

貴族出身の方は大抵教育を受けられているので」

「でも、私なんかに学校の教師が務まるかしら？」

「もちろん、無理にとは言いませんけど……子供向けの教育も始めるので、子供に慣れている人がいるのは助かります」

「子供向け？　ということは、うちの子たちを通わせられますか？」

「ええ、もちろん。とりあえず子供向けクラスは基礎を中心に考えていますが、それができているなら大人に交じって専門の授業も受けられますよ」

「あら素敵。辺境には家庭教師がいないから、子供たちの教育は私がしていたんです。でも上の子が勉強好きで、もっと様々な知識をつけさせてあげたいと思っていました」

「ぜひ」


学校を必要としてくれている人が目の前にいた。

元々は人手不足解消の目的で検討された学校だけれど、自分のしてきたことが無駄ではなかったのだとわかり、少しだけ嬉しくなる。


「教師の件についても考えてみますわ。ですが、まずは乳母としてしっかりソーリス様をお世話させていただきます」

「よろしくお願いします！」


私の体が回復するまでは、彼女がメインでソーリスの世話をしてくれることになっている。

（早く元気にならないと）

ホーリーさんが退室したあと、私はソファーにもたれかかりながら決意した。

それからホーリーさんは半住み込みで、我が家で働いてくれることになった。ヘンリーさんや子供たちも半住み込み状態のようになり、よく屋敷の食事を堪能している。

屋敷のメイドの子供たちと、ホーリーさんの子供たちはすぐに打ち解けたようで、庭で仲良く遊んでいる光景を見かけた。

（ほのぼのねえ）

ホーリーさんもほのぼのした人だ。

とても綺麗なおっとりした人だけれど、時々おっちょこちょいで微笑ましい事件を引き起こす。

この日もホーリーさんは不思議な行動をとっていた。

ちょうど廊下を通りかかった私は、部屋の入口から顔を出して声を掛ける。

「あの、ホーリーさん。何か探しているの？」

「そうなんです～。赤ちゃんたちのおしめを、この辺りに置いたはずなんですけど～」

彼女は替えのおしめを片手に握りしめたまま、一生懸命そのおしめを探し続けていた。

「お母様、右手に握っているものはなんですか」

不意に後ろから声が上がる。

遊び終えて外から帰ってきたらしい、ホーリーさんの長男が、私の横を通り抜けてすかさず部屋に入っていき、ホーリーさんに指摘する。彼は母親を注意するのに慣れているようだ。

「あらあら～、私ったら」

自分の持っていたものに気づいたホーリーさんはおっとり微笑んでいる。

無事おしめは見つかり、ソーリスもホーリーさんの赤ちゃんも綺麗なおしめに替えることができた。ホーリーさんの長男はしっかり者のようで、たまに母親を手伝っているらしい。

「アニエス様、あとは僕が母を見ておくので大丈夫です」

「あ、ありがとう」

私は彼にお礼を言った。

そうして、てきぱきとおしめを替えるホーリーさんの長男を観察する。

(ヘンリーさんやホーリーさんの出自もあるだろうけれど、佇(たたず)まいが貴族の子供みたいだわ)

ホーリーさんは王都に住まいを構える伯爵家の令嬢らしい。

そして、ヘンリーさんもまた王都に住まいを構える子爵家の三男だった。

デズニム国では爵位を継げるのは長男のみなので、ヘンリーさんは自力で役人になった。貴族の息子だったので、役人になるのはさほど苦労しなかったらしい。

ただ、私欲に走る上司を告発したせいで、スートレナに左遷されてしまった。

当時は元王妃殿下の権力が強く、王宮内の環境はよくなかったのだと、以前ナゼル様が教えてくれた。

そんなこんなで、新婚だったヘンリーさんとホーリーさんは、幼い長男と赤ちゃんの次男を連れて過酷なスートレナでの生活を始めたのだった。

慣れない土地で慣れない仕事に明け暮れるヘンリーさん。子育て中のホーリーさんも領内の生活に馴染むのに若干時間がかかったらしい。なんというか、スートレナはあらゆる面で野性的なので。

それが合う人と合わない人がいるのは事実だ。

ホーリーさんは持ち前のおっとり優しい性格で全てを受け入れ、今ではすっかりスートレナでの生活を楽しんでいるのだそう。

(私もホーリーさんのような強い母親になれるかしら)

何ごともまっすぐ受け入れる彼女の強さには憧れる。

じっと、ホーリーさんたち親子や赤ん坊たちを見ていると、また背後から声が上がった。

「アニエス様、あまり頻繁に歩き回るとお体に障りますよ」

見ると、私を捜していたらしいケリーが冷静な表情を浮かべて立っている。

「ちょ、ちょっと退屈だったから、散歩していたの。ほら、寝てばかりだし」

「たしかに。……ナゼルバート様にも相談してみましょう。お医者様曰く、アニエス様の回復はとても早いらしいですから」

ケリーと並んで、近くの自分の部屋に戻る。

だがしかし、ナゼル様の計らいにより多少の散歩は許しが出たが、完全復帰は見送られた。

※

一ヶ月経った頃、ようやく私は産褥期を脱した。

ソーリスに会いに、屋敷の中をうろうろすることも増え、過保護なナゼル様からは心配されている。今も彼の執務室を訪れたら、心配の目を向けられてしまった。

「アニエス、わかっているとは思うけど、長時間の外出や重いものを持つことはまだ駄目だよ」

「はい……」

ナゼル様曰く、心配だからもう少し安静にしていてとのことだった。ただ、短時間の庭の散歩や体の負担にならない作業くらいなら大丈夫だと言われている。

今日の予定は、ソーリスの魔法鑑定だ。

魔力量の多い私とナゼル様の子ということもあって、早めに鑑定しておいたほうがいいという結論が出た。赤ん坊が無意識に大きな魔法を使ってしまう例もあるにはあるらしいので。

鑑定については、ナゼル様がスートレナの西にある教会へ手紙を送ってくれ、鑑定士のエミリオが来てくれる手はずになっている。

魔法鑑定オタクの彼は前々から、私たちの子供の魔法の種類に興味深々で、ナゼル様が騎獣便で手紙を送ってから、すぐに馬車で屋敷まで来てくれた。

エミリオは騎獣酔いをするので、彼のもっぱらの移動手段は馬車なのである。

馬車でも多少は酔ってしまうようで、今は客室で休んでもらっていた。

「そろそろ大丈夫かな。行こう、アニエス」

私はナゼル様に支えられるようにして、エミリオの待機している客室へ向かった。

ソーリスは、ホーリーさんが連れてきてくれる手はずになっている。

客室へ行くと、既にソーリスたちが到着していた。ケリーもいる。

元気に育っているソーリスは、むちむちの手足を動かしてご機嫌な様子だった。ナゼル様に似た、琥珀色の目はぱっちりと開かれている。私と同じ銀色の髪も少しずつ生えてきて、将来が楽しみだ。

以前と比べてふっくら度が増し、起きている時間も増えたように感じる。動きも活発になってきた。

「ソーリス、いい子ね」

そっと手を差し伸べると、ソーリスが私の指をむぎゅっと握った。

「なんて可愛いの」

まだ喋(しゃべ)ることのないソーリスだけれど、私のことは覚えてくれているような気がする。

「ナゼルバート様、アニエス様、お久しぶりです」

「ああ、久しぶりだね。そうだ、エミリオ……婚約おめでとう」

ナゼル様は爽やかにエミリオへ微笑みかけた。

実は、エミリオとソニアは、少し前についに婚約したのだ。

もともと明らかに両想いだった二人だが、どちらも遠慮がちな性格なので、同じ建物で過ごしながら、今の今までどちらも告白せず周りをやきもきさせていた。

だが、このたびエミリオのほうが勇気を出してソニアに求婚したらしい。もちろんソニアは彼の求婚を受け入れて、二人は晴れて婚約者となった。おめでたいニュースである。

私も「おめでとう」とお祝いを述べ、ケリーが後ろから、ササッと準備していたお祝いの品をナゼル様のほうへ差し出す。

そうして、ナゼル様からエミリオへ、やけに巨大な贈り物が渡された。

中身は知らないが、ナゼル様が選んだものだから間違いないはずだ。

「はわわ、このような立派なお祝いをありがとうございます」

エミリオがすっかり恐縮しながらお礼を言って頭を下げる。

「で、では……さっそく、ソーリス様の鑑定を行おうと思うのですが」

ゴクリとつばを飲んで、ソーリスのほうを見たエミリオの提案に、ナゼル様も頷いた。

「ああ、よろしく頼むよ」

「それでは、失礼します」

エミリオはソーリスに近づき、彼の小さな右手をそっと持ち上げて自分の額へ当てた。

鑑定のときは、こうやって、相手の手を鑑定士の額に当てるのだ。

ややあって、エミリオが額からソーリスの手を放す。

「これは！」

心なしか、顔を上げたエミリオの瞳がキラキラと輝き始めているような気がした。

変わった魔法だったのだろうか。

「それで、エミリオ。ソーリスの魔法の種類はなんだったんだい？」

「は、はい。『土』です」

「土……？」

「失礼しました。正確には、『土壌操作』という魔法ですね。簡単に言うと、ナゼルバート様の魔法の土バージョンです。土を掘ったり、土を生み出したり、土の質を変えたり、最終的になんでも土に還せるようになるような、すごい魔法ですよ！　いやあ、ストレナに欠かせない素晴らしい力だ！」

エミリオは怒濤の勢いで、ソーリスの魔法について話し始めた。相変わらずのオタクぶりだ。

「そうか、俺に似たんだね」

ナゼル様はちょっと安堵した様子だ。

なんでも強くしてしまう私の魔法については、少し聖女疑惑があるため、遺伝しないか心配していたのだと思われる。

私の場合は、こっそり魔法を使ったりと配慮できるけれど、子供の場合は無意識に悪気なく魔法を使ってしまうこともあるからだ。

そうなると、悪い大人に目をつけられて利用されてしまう恐れが出てくる。

（土壌操作も十分、珍しくて希少価値の高い魔法だから、気をつけなければならないのは一緒だけど）

豊かな土壌は、誰もが求めるものである。

私は、ポルピスタンの土を「強く」してしまったときのことを思い返した。

（あれと似た感じなのかしら）

魔法で強くなった土は、汚染源だった毒を勝手に浄化してしまったのだ。そう、浄化である。

ソーリスも土を操作して同じような状況を作ってしまえるとしたら、それもまた浄化と似た力を有することになってしまう。

(うーん……聖女と似ている力を持つ人、探せば割といるのでは？)

魔法名こそ違えど、結果的に治癒や浄化を行えてしまう魔法は、案外他にもあるのかもしれない。

開け放たれた窓から外を眺めると、トッレと、屋敷へ遊びに来たポールが庭で並んで筋トレをしていた。どういうわけか気の合う二人は、よく外で一緒に筋トレをしているのだ。

今も逆立ちしながら腕立てをしている。

「ポール殿、成長しましたな！　成果が目に見える！」

「いいえ、まだまだトッレさんの筋肉美には及びません！」

「精進あるのみ！」

「はいっ！　フンフンフンフンフンフン――――ッ」

ものすごいスピードで腕立てを再開する二人を、私は思わず凝視してしまった。

(……っと、いけない。窓の外の強烈すぎる光景に意識を持って行かれてしまったわ)

今はソーリスの鑑定に集中しなければ。

「もう少し大きくなられるまで、ソーリス様の魔法は、ひとまず様子見ですねえ。個人差はありますが、魔法を使い始めるのは三歳以降が多いので」

エミリオは、微笑ましげにソーリスを見ている。

「ソーリスは次の領主になる可能性が高いから、領地経営に活かせる魔法を持っていたのは喜ばしいことだよ。俺やアニエスの魔法と組み合わせれば、今よりできることが増えるかもしれないね」

何を言われているのかわかっていないソーリスは、口をもごもごと動かしながらにっこり笑った。

２ 山を駆ける脱走者

センプリ修道院を抜け出して数日。

いつも饒舌なロビンは無言で山歩きをしていた。

脱走してから約一ヶ月。来る日も来る日も山、山、山。もういい加減にしてほしい。

ロビンが逃げ出したあと、修道院から一斉に追っ手がかけれた。

けれどもそれは序の口で、修道院だけではなく、王城や近隣の領地からも捜索のための兵が派遣されてきたのだった。

（まったく、しつこい奴らだな。俺ちゃん、人気者過ぎて辛い）

あの日、ロビンをセンプリ修道院から連れ出した黒いフードの男も、黙々と山を歩き続けている。

ロビンの包囲網が山ではなく、街を中心に展開されているからだった。

事実、当初のロビンは「山下りようよ～、しんどいからさぁ」とか、「久々にシャバで遊びたい～」とか言って騒いでいた。だが、黒いフードの男が頑なに止めたのだ。

もし、そこで少しでも街へ下りていたら、今頃あっさりお縄についていたに違いない。

山道は険しく道も整備されていない。街暮らしの長いロビンの足には厳しかった。

必然的に、歩みはゆっくりになってしまう。

だが、それでも歩けてしまうのは、あの忌々しいふんどし体力訓練のおかげだとロビンは思って

いる。そうでなければ、もう既に力尽きて倒れているはずなので。

「ああ～、女の子に会いたい。この際、性別が女なら誰でもいい～」

泣き言を言ってトボトボと歩くロビンのほうへ、前を歩いていた黒いフードの男が戻ってくる。彼が被っていたフードを取ると、中から淡い髪色の青年の顔が現れる。

（せめて、女の子ならよかったのに）

たしかデフィという名の青年は明らかに男である。しかも、いけすかない整った顔立ちの持ち主だ。

一緒に逃げるに当たって、いろいろ自己紹介されたが、ロビンの頭に残っているのは彼の名前と性別だけだった。

「ロビン。今頃国境に出ているはずだったのですが……予定よりも大幅に遅れています。もう少し早く歩けませんか？」

歩くほどに歩行速度の異なる二人の距離は開き、そのたびにデフィが戻ってくるという事態が続いていた。彼が困っているのはわかったが、だからといってロビン自身が譲歩するなんてもっての外である。

「無～理ぃ～。もうずっと、木、草、木、草！　今どこを歩いているのかもわからないし、本当にもうしんどい」

「現在地はナスィー領付近です。たしか、あなたのお子様がいらっしゃる場所ですよね。そこから先は坂が減るので早く進めるかと」

そう言われても、王配の勉強をサボっていたロビンには、ナスィー領がどこなのか見当もつかない。ついでに、子供にも興味がない。

「ふぅん。ねえ、まだ街へ下りられない？」

「残念ながら。このまま山道を進んで国境沿いまで出ます。目立つ魔法も使えません。とりあえず、スートレナ沿いにある川を抜けて海に出ます……」

「スートレナ!?」

急に反応したロビンにびっくりして、前に立っていたデフィがのけぞる。

「ええ、南端のスートレナは通過する予定ですが。いきなり、どうしたんです？」

「なんでもないよ」

（ヌゥワゼルヴァァァトォォーゥ！）

ロビンは口ではそう答えたが、何も思っていないわけではなかった。

心の奥では、宿敵への憎しみが煮えたぎっている。

スートレナを通ると聞いて、平常心でいられるわけがない。

（ただでは通らない。ぜったいにナゼルバートに復讐してやる）

逆恨みも甚だしいが、自らを被害者と思い込んでいるロビンは本気だった。

実際にスートレナを訪れるのは初めてだが、平和な日常を送っている彼らは油断しているに違いない。

だからこそ、一矢報いたい。

（今の俺ちゃんには権力がないから、スートレナを滅ぼすことはできない。けれど、ナゼルバートに嫌がらせをするくらいなら可能なはず）

どこまでも小さい男ロビンは、復讐心だけを糧に山道をえっちらおっちらと進み続けるのだった。

ロビンたちの移動スケジュールは、遅れに遅れている。

人目を避けて険しい山道を進んだせいで、予定の倍以上時間がかかり、ようやく山道から離れて国境沿いの川へ着いたところだ。

「ふぃ〜っ、つっかれたぁ〜。俺ちゃん、体を洗いたい〜！」

汗もすごいし、汚れもすごい。きれい好きな元王配として、こんな状況はいただけないのだ。

ふらふらとロビンが川のほうへ進んで行くと、見晴らしのいい場所に出た。目の前は切り立った崖で、幅の広い巨大な滝が流れ落ちている。

「ひえっ」

そのあまりにもすさまじい高さに恐怖したロビンは慌てて後退し、滝から離れた。さすがにここで体を洗う気にはなれない。

だが、デフィはそんなロビンに向かって、信じられない内容を告げた。

「さて、滝を下りましょうか」

「はあっ？　正気!?」

こんな場所から落下したら、ただでは済まない。

「沢の端を通っていけば下りられます。下に舟を係留していますので、あとは川を下って海に出るだけですよ。海の手前で仲間が騎獣と大型船で迎えに来てくれる手はずになっています」

ロビンはドドドッと轟音を上げながら、ものすごい勢いで下に流れていく巨大な滝を見下ろす。

（巻き込まれたらひとたまりもないな）

それほど恐ろしい水量だった。

「気をつけていれば大丈夫ですって。怖いなら、手をつきながら下りるといいですよ」

ケロリとした顔で答えるデフィは、ロビンを励ましているつもりなのだろう。

だが、ロビンにとっては、まったくなんの慰めにもならない。

「無理〜〜〜!!　傾斜が急すぎる！」

万が一落ちれば、助からない可能性が高い。

「ロビン、大丈夫です。落ち着いて……ちょっと天気が崩れてきていますから、早くここを抜けないと水量が増して本気で流されてしまいます」

「それは嫌〜〜〜〜〜〜〜！」

裏返った声で悲鳴を上げながら、ロビンはゆっくりとシダ植物に覆われた沢を下りていく。ぬちゃぬちゃと靴に水が染み入った。体を支えるために岩肌についた手には剥がれたコケがまとわりついている。

（うう〜、汚え。無理）

他に移動手段がないのだから仕方がないが、正直もう全部投げ出してしまいたい。

のろのろと滝を下りきるのにかなりの時間を要し、ロビンはやっと滝壺の縁へ到着できた。水しぶきがすごく、離れていても細かな水が霧状になって舞い上がっている。

周りを見渡すと、目の前の岩陰に隠すように一艘(そう)の舟が繋(つな)がれている。

「あれか。意外と見つけやすい場所に停(と)めてあるな」

「この辺りは滅多に人が来ないので、舟を隠すにはうってつけの場所なのです。対岸はポルピスタンの領土のため、できれば入りたくありません……海に出られればこっちのものですが」

デフィはこの川を下る気でいるようだ。だが、ロビンは眉を顰(ひそ)めた。

「ここはもうスートレナなんでしょ？　つまり、忌々しいナゼルバートのお膝元。用心するに越したことはないよ。川下で網を張られているかもしれない」

ポルピスタン側に渡らないのには同意するが、デフィはナゼルバートを甘く見すぎである。

「川を下るだけなのに、考えすぎでは？」

「いいや、ナゼルバートは細かくてねちっこい性格だから。領地の端っこの小さな異変にも、きっちり対策してくるヤベー奴なんだよ」

図らずも、ロビンの言葉は当たっていた。

ナゼルバートは、この先の川沿いに兵たちを待機させ、川を見張らせていたのである。

「いい加減にしてください、ロビン。ほら、行きます……よ……？」

しびれを切らしたデフィがロビンの肩を摑(つか)もうとする。

しかし、ロビンは岩場に繋がれている縄を手に取って勝手に外し川へ放り投げた。

「えっ、待ってください。何を……」

勝手に縄を外しきったロビンは、舟の舳先を川下へ向けて蹴りながら振り返る。

「悪ぃけど、俺ちゃんは自分が一番可愛い。あんたは、ナゼルバートのことをもうちょっと知ったほうがいいよ」

途端に、舟は勢いよく川下へ向かって流れていった。

「ロビン⁉　移動手段を流してどうするんですか⁉　このままじゃ、歩いて海まで行かなければなりませんよ⁉」

舟が流されて慌てるデフィを無視し、ロビンは川沿いの森の中へ一人走って行く。

「俺ちゃんは確実に逃げられる方法を選ぶっ！　さらば！」

「ちょ……マイザーンへの道はわかるんですか？　わかったところで、あなた一人で移動するのは無理……ああ、くそっ！　捕まえて何がなんでもマイザーンへ連行しなきゃっ」

デフィは慌ててロビンを追いかける。だが、ロビンの逃げ足は異様に早い。

焦るデフィが森へ入るのと同時に、川下から「舟を確保――っ！」という、野太い声が複数上がった。続いて「中は無人です！　ロビンはいません！」という声も聞こえてくる。

「ほら見たことか！」

離れた場所から後ろを振り返り、ロビンはデフィに言い放つ。

「……マジですか」

驚愕しながら、デフィはすっかり山道に慣れてしまったらしいロビンを追い続けた。

（もうやだ、ロビンがこんなにも厄介な人物だなんて聞いてない……）

本気になったロビンは、文句をたれていたときとは別人のような、素早い身のこなしで走っている。どうして最初からその機敏さを発揮してくれないのか。そして、こんな場面でだけ惜しげもなく見せつけてくるのか。

「ロビン、地図によると、そっちはスートレナの中心の方角。集落もありますし、向かうのは危険かと」

「俺ちゃんだって、そのくらい考えてるよん。でも、どうせ逃げるなら、ナゼルバートに一泡吹かせてやらないと」

「ちょ!? 何を勝手なことを!」

そんなことをすれば、相手にこちらの身元が割れるリスクが高まってしまう。

ロビンの連れ出しにマイザーンが関与していることはなるべく知られたくないのだ。

「くそっ、こうなったら海側に待機させていた仲間を呼ぶしか……」

本当は自分の役目を全うしたかったが、我が儘(わがまま)は言っていられない。任務遂行が第一だ。

デフィがピュイッと口笛を吹くと、大きな鷹(たか)が舞い降りてきた。デフィは素早く紙に用件を書き、鷹の足にくくりつける。

「これを頼む」

鷹はピュイッと一声鳴くと、大空に向かって羽ばたいていった。

その横を白い鳩(はと)が「ポッポー」と鳴きながら、のんびり飛行している。鳩はくるりと旋回すると、ロビンを追う形で集落のほうへ向かって飛んでいってしまった。

※

淡い桃色の花びらが舞うスートレナの中心街で、着飾った私はソーリスの乗った乳母車の持ち手を摑んで立っていた。

隣には同じく身だしなみを整えたナゼル様がスマートな出で立ちで並んでいる。私たちの後ろは砦で、前は広場になっていた。

今日はソーリスのお披露目会で、広場にはスートレナの人々が集まっている。

ここにいる皆がソーリスの誕生を喜んでくれているのだと思うと、胸が温かくなった。

ソーリスは、何がなんだかわかっていない様子で、きょとんと空を見つめている。

「ほら、ソーリス。皆に挨拶しましょうね」

私がソーリスを「よいしょ」と抱き上げると、途端に「わあっ」と歓声が沸き起こった。

「ナゼルバート様、アニエス様、おめでとうございます！」

「ソーリス様、可愛い！」

最前列に陣取った像職人たちも「うおぉぉぉっ」と雄叫びを上げている。そのうち、母子像でも作り出しそうな雰囲気だ。

ナゼル様は私からソーリスを受け取ると、皆に見えるように息子を高く掲げ持った。

「ここから先は、俺が受け持つよ」

掲げられたソーリスを見た領民から、また歓声が上がった。

ナゼル様に言われ、私は少し後ろへ下がる。産褥期は脱したが、なるべく無理はしないようにと言われているのだ。

後ろには砦の職員代表のヘンリーさんと乳母のホーリーさん、神官代表のエミリオとソニアも控えている。

物怖じしないソーリスは、ナゼル様に高く抱き上げられても堂々としていた。誰を見ても泣かないので、砦の皆さんにも可愛がられている。

お披露目のあとは、騎獣に乗って早めに屋敷へ戻った。まだまだソーリスは小さいので、休む時間が必要なのである。ナゼル様は残りの仕事を片付けるため、仕事部屋へ向かった。

子供部屋に到着しても、ソーリスはまだまだ元気そうだ。屋敷の人気者である彼をメイドたちは皆構いたがる。

何枚も産着を用意していたケリーも、着せ替えに余念がない。ソーリスはお披露目服から、ゆったりしたお昼寝服へと着替えた。

その様子を眺めていると、メイドの一人が私宛ての手紙を持ってきてくれた。

「ありがとう。あら、ラトリーチェ様からの騎獣便ね」

ソーリスの誕生を知らせたら、ラトリーチェ様はとても喜んでくれた。

子供たちがもう少し大きくなったら、会わせてみようという話もしている。

（楽しみね）

私はウキウキしながら、二枚目の手紙を読み始める。

「ん……？」

二枚目には不穏な内容が書かれていた。

脱走したロビン様がまだ捕まっていないということと、彼の脱走に外国が関与しているかもしれないということ。そして、その国はマイザーンの可能性が高いとある。

王都で不審な男が目撃されたことから判明したらしい。ロビン様を連れ出した者が街へ偵察に来ていたのかもしれない。

マイザーンといえば、隣国ポルピスタンの南西側にある国だ。

過去にポルピスタンと争ったことがあり、未だ両者の仲は悪いまま。今も国境沿いでは互いにピリピリしている状態だ。

スートレナとの関係はまあまあといったところだが、現国王ベルトラン陛下がポルピスタンのラトリーチェ様を王妃に迎えたので、今後はどうなるかわからない。

そんな国がロビン様になんの用だろう。

（まさか、ロビン様の『聖なる力』を当てにしているとか？　たしか、過去の争いの決め手はポルピスタン側にいた聖女の活躍だったわよね。あの国のマスルーノ公爵のように、聖女を欲している人物がマイザーンの側にいてもおかしくないわ）

エミリオ曰く、ロビン様の魔法はそこまで強力ではない。けれど、「精神治癒」と「心身浄化」

という特殊な魔法を使える上、彼自身の性格も相まって絶妙な使い方で効果を引き出すのである。

私も過去に魔法をかけられたことがあり、彼の恐ろしさは身にしみていた。

物理面の強化を施すことしかできない私の魔法との相性はおそらく悪い。

（ロビン様の魔法も聖女に近い、『治癒』や『浄化』なのよね）

やはり、聖女っぽい魔法を使える人は、探せば案外いそうである。それが明らかな「治癒」や「浄化」でなくとも、結果的にそれに近い働きをするような……そんな魔法があっても不思議ではない。

（リュークの『大盾』だって小規模だけれど、ある意味『結界』みたいなものだし）

聖女は多くの魔法を同時に使えたから、聖女と呼ばれていたのかもしれない。

（結局、ポルピスタンでは文献を読み損ねてしまったから、知らないことも多いままね。何かの機会に見せてもらえないかしら）

聖女の謎に思いを馳（は）せながら、私は手紙の続きを読んでいく。

そこには、ロビン様の逃走経路にスートレナが含まれている可能性が高いということが記されていた。

スートレナの南には、ポルピスタンとの国境になる大きな川が流れていて、その川は西の海へと繋がっている。

ラトリーチェ様は、ロビン様がその川伝いにマイザーンのある海側に出るのではないかと予測しているらしい。

というのも、街でロビン様らしき人物の目撃情報が全くなく、東に連なる山沿いを密かに進んでいる可能性が高いと判断され始めたからだった。

当初、ロビン様にはとても山越えなんてできないだろうという予想から、街を中心に兵士をおいていたが、一向にロビン様は現れなかった。

残るは山道という結論になったそうだ。

(ロビン様のことは、ナゼル様にも伝えておいたほうがいいわね。彼のほうには、ベルトラン陛下から連絡が来ているかもしれないけれど)

私はソーリスをひとまずホーリーさんにお願いし、ナゼル様がいる場所へ向かう。

「ナゼル様」

ちょうど、彼は仕事部屋から出るところだったようで、私たちは廊下で鉢合わせした。

難しい顔をしていたナゼル様は私を認めると、ふにゃんと表情を緩める。

「どうしたんだい、アニエス」

声がとても優しい。

「その……ラトリーチェ様から、ロビン様に関する手紙が来まして」

「あんな奴、呼び捨てでいいよ。俺のところにもベルトラン陛下から手紙が来ている。奴がストレナを通るなら、国外へ出る前にここで捕まえなければいけない。まったく、どうしていつもストレナでばかり事件が起こるんだろうね……部下の報告では川辺で不審な舟が見つかっているみたいだし、陛下の予想は当たっていると見ていい。念のため、見張りを置いてはいるけど」

憂い顔のナゼル様は小さくため息を吐いた。

「私も手伝います。あまり力になれないかもしれませんが」

「ありがとう、アニエス。でも君は安全な場所にいてほしいな。まだ体も完全に回復していないし、何よりロビンの前に君を出したくない。怪しい舟の周りには、既に兵を派遣しているから大丈夫」

ナゼル様は、過去に私がロビン様にセクハラされた件を心配してくれているのだ。

「俺が留守の間、アニエスは屋敷でソーリスを見ていてあげて」

「はい……！」

「俺はロビンの件について、今から砦で打ち合わせしてくる。お祝いムードのあとだから、話しづらいけど。本当にあの男は碌なことをしないからね……何もこんなタイミングで脱走しなくてもいいのに」

顔には出さないけれど、本当に腹を立てている様子のナゼル様は、私をきゅっと抱きしめて行ってきますのキスをしたあと、「お出かけ？」と嬉しそうに寄ってきたジェニに乗って、砦へ飛び立っていった。

彼を見送るため庭に出ていた私は、いろいろ考えたいことがあったので、その足で庭を散歩する。まだまだ元気なヒマワリを始め、様々な花に彩られた庭を歩いて行くと、たくさんの野菜が植わっている畑に出た。

ナゼル様の改良作物のおかげで、年々畑の規模が大きくなっている。

その隅の、あまり日当たりがよくない場所に、雨の日に傘代わりにする巨大な葉っぱによく似た形の植物が植わっていた。

実はこれ、里芋の葉っぱなのである。よく見ると、葉っぱは少し枯れ始めていた。

「そろそろ収穫できそうな雰囲気ね」

王都などでは秋に収穫される芋だが、スートレナでは雨季の間にぐんぐん育った里芋が、乾季になると収穫できるようになる。

つまり、収穫期は今だ。

「試しに、一株掘ってみようかしら」

私は物置からシャベルを一本取ってきて、ザクリと畑の地面に刺した。

気をつけながらどんどん掘っていくと、巨大な芋の塊が現れる。真ん中に大きな芋があり、その周りに小さな芋がポコポコとたくさんくっついていた。

「今年も豊作ね」

近くを流れている川で芋の泥を落としていると、パカパカと足音を立ててダンクがやって来た。

食いしん坊な彼女の狙いは、掘りたての芋だ。

どこからともなく、芋が掘られる気配を察知し、ダンクはさりげなさを装って、ここまでやって来たのである。策士だ。

「仕方ないわね。茎を取ってあげるから、ちょっと待っ……」

だが、ダンクが私の手から芋の塊を奪って食べ始めるほうが早かった。親芋も子芋も、あっという間に無残に囓り尽くされていく。

「掘りたては美味しいものねえ」

「ブルフフン！」

私はご機嫌なダンクの鼻筋を優しく撫でる。

ナゼル様を乗せて砦に行くことが多いダンクだが、今日はジェニが代わりに彼を乗せていったので、暇を持て余していたようである。

「ダンク、もしかしてジェニに気を遣ってくれたの？」

「ブルブルッ」

肯定しているみたいだ。

近頃、ジェニは中心街にある騎獣小屋の、デービア様の騎獣だったワイバーンと仲良くしている。

（今日、お出かけしたがっていたのも、彼女に会いたかったから……よね）

ナゼル様と対立する立場だった、アダムスゴメス公爵家を継いだデービア様は反乱を起こし、そのことの責任を取って捕縛され、現在はミーア王女が送られたのと同じペッペル島に追放されている。

その際、彼の騎獣は置いていくことになった。騎獣で飛べたら、離島に隔離する意味がないからだ。

とはいえ、彼の住んでいた王都付近ではワイバーンの面倒を見られる場所は少なく、それならとナゼル様が引き取り、スートレナの騎獣小屋で過ごせるよう手配したのだった。

最初は落ち込んでいたデービア様のワイバーンだが、近頃は少しずつ元気を取り戻している。

それは、時折騎獣小屋に遊びに行くジェニの影響も大きいのだと思われた。ジェニは明るく、屈託のない性格なので。

両親のもとへ顔を出しに行ったジェニは、そこにいたデービア様のワイバーンと交流するようになり、かつては敵同士だったのが嘘のように仲睦まじい様子を見せているのだとか。

「ありがとうね、ダンク」

お礼を言うと、ダンクは畑のほうを見て、新たにニンジンを数本寄越すよう私に要求した。

「よしよし、抜いてくるからちょっと待って」

ニンジンを抜いて洗ってあげると、ダンクは葉っぱもろとも美味しそうに食べてしまう。

まだまだ食べ足りなそうだ。

（そうねえ、他の野菜は……そうだわ。ハスイモがいい感じに育っているわね）

私は里芋の横に植わっている、同じような形の作物に目を向けた。こちらのほうが、里芋より若干葉が大きめだ。

ハスイモは里芋の仲間だ。

こちらは根が芋にならない種類で、代わりに茎を食べるのだ。

外側の皮を剝くとシャキシャキした歯ごたえの野菜になる。

（あっさりしていて、美味しいのよね）

私はわりと好きだ。

ハスイモの茎は青ズイキという名でも知られている。

対して、里芋の茎は赤ズイキや白ズイキと言われていた。こちらも食べられる。

赤ズイキは里芋の中でも赤い茎のものを指し、白ズイキは里芋を日が当たらないように育てて作られる。さらに皮を剝いて乾燥させると、干しズイキとして保存可能な食材に変身する。使うときはお湯で戻せばいい。生のズイキと違って、歯ごたえのある食感になる。

灰汁(あく)の量によってそれぞれ調理方法は異なるが、今収穫したハスイモの場合は灰汁が少ないので水にさらせば調理できると言われている。

他国で使われているズイキだが、デズニム国ではまだ知られていない。スートレナでも普及していないが、これから広めていきたいと思っていた。

現在、料理人のメイーザがウキウキしながら美味しい調理法を模索中である。ホーリーさんに会いに来るヘンリーさんも食堂に寄ってウキウキ試食している。

(スートレナが様々な食べ物で溢(あふ)れる豊かな場所になればいいわね)

ハスイモの皮を剝いてからダンクにあげようと思っていたら、ダンクは皮が付いたままのハスイモをモシャモシャ食べてしまった。

(大丈夫かしら？　筋っぽくない？)

心配したが、ダンクは気にした様子もなく、次々にハスイモを平らげていった。

ダンクと交流し、頭の中でロビン様や聖女に関するモヤモヤした考えを払拭したあと、私はきびすを返して再びソーリスのもとへ戻る。

赤ん坊のソーリスは、近頃とてもむっちりしてきた。毎日、飲んでは寝ての繰り返しなので、さもありなん。

医者曰く、「順調にお育ちです」とのことなので、ひとまず胸をなで下ろす。

ロビン様のことなど、心配事もあるが、この子は私が守らなければと決意を新たにする。

「強くなーれー」

ナゼル様と同レベルの絶対強化の魔法をソーリスにかけたあと、私は屋敷の警備を強化すべく奔走した。念には念を、だ。

（うん、これで、ちょっとやそっとの怪我（けが）なら防げるわ）

領主夫人業と子育ての同時並行は難しい。

（もっとソーリスと一緒にいてあげたいんだけどな。でも仕事も進めたいし、やりたいことが多すぎる……）

中でも学校設立の件は、早めに進めなければならない。職員の人手不足は待ってはくれないのだ。

妊娠中も、任せられるところは動ける人たちにお願いしていた。

幸い、令嬢出身のメイドたちが学校の設立に興味を持ってくれて、学び舎（まなや）の建設に動いてくれていた。

当初は屋敷の一角に学校を作ろうとしていた私だが、不特定多数の人々が出入りするということで、中心街にある大きめの空き家を活用することになった。砦からも近く、治安のいい場所だ。

そこには即戦力を育てる高等部と、基本的な学問を学ぶ初等部を設置する。高等部では選択制で専門知識も学べるようにする予定だ。いずれは、研究機関や職人養成学校も作りたい。

役人になるのとは別で文字や数字を学ぶための、領民のための学校も別の場所に設立予定だ。こちらは需要が多いと思われるため、複数の拠点を作ることも検討している。

保護した令嬢たちの中には、教師を希望している子も多くいるので、積極的に任せていきたい。

またしても、屋敷のメイドが増えて余り気味なので……。

スートレナの屋敷にはデズニム国の全国各地から令嬢たちが駆け込んでくる。最近は男の子や平民の女の子も駆け込んでくるようになった。どちらかというと女子率が高い。

のっぴらきならぬ事情を聞けば、追い返すことなんてできず……屋敷にはどんどんメイドが増えていく。男の子は割と早く自立していくが、女の子の就職は難しい。

育った環境上の問題で社会経験や知識が欠如していることが多いのと、デズニム国では私たちの親の世代までは、女性はあまり働いていなかったからだ。男性に比べると女性が社会に出て働くことは困難を伴う。スートレナのような田舎は別だが……。

デズニム国において教職は女性でも就きやすい仕事の一つである。

(できる子から教師として自立していってくれるのは大歓迎なのよね)

人は宝だ。多くの人が集まってきて、それぞれの未来を見つけて自立していく。スートレナの未来は明るい。

「さて、そんなわけで、この屋敷は女性の割合が高いから……ロビン様のことはちょっと心配ね」

ロビン様はなんというか……女癖が悪い。大事に預かっている女性たちに、万一のことがあっては困る。

（屋敷の周りのことは、気にかけておかないとね。警備担当の兵士が守ってくれているけど。用心するに越したことはないわ）

私は屋敷の庭の奥を自主的にパトロールしているトッレを見つけて声を掛けた。私が屋敷にいて護衛の必要がないとき、彼は筋トレをしたり、こうして庭を見回ってくれたりしている。

今日は、砦から屋敷へ派遣されてきたらしいポールも一緒だ。

新人のポールやリュークは、よくお使いを頼まれ、うちの屋敷に出入りしているのだ。

ポールはトッレにも懐いているので、見かけて声を掛けたのだろう。

「トッレ、不審者の情報は入っていない？」

「はい！　ロビンめは未だ見つかっていないようです。しかし、先ほど来たポール殿の話では、川付近で不審な舟が見つかった模様。今からアニエス様にお伝えしようと思っておりました」

続けて、トッレの横にいたポールが話し始める。

「姉上、怪しい舟が川辺で回収されたそうです。ロビンはいませんでした。ただ……」

話し始めるポールの肩から白い鳩がぴょこっと顔を出す。この子はポールと仲良しのペットで、ポッポという伝書鳩だった。

「ポッポが現場の人から連絡用の手紙を受け取って、届けてくれたんですけど……何か様子がおかしくて、落ち着きがないんです。きっと何か伝えたいことがあるのだと思うのですが」

ポールは困り顔だ。

白い羽をわさわさと広げたポッポは、ある方角を向いて「ポッポォ～～～～!!」と豪快に鳴く。

「うーん……わからないわね」

残念ながら、この場に鳩語を理解できる人間はいなかった。

ついにしびれを切らしたのだろうか。

ポッポはポールの肩から飛び立つと、彼の前でホバリングし始めた。何か伝えたいことがあるようだ。

ポールも私と同じことを考えたらしい。

「ポッポのこの慌てよう。もしかすると、危険を知らせようとしてくれているのかも」

彼がそう呟いた瞬間、庭の隅の茂みがガサゴソと音を立てた。

(ダンクかしら？　それにしては姿が見えないけど)

彼女の体は大きいので、どこにいてもわかりやすいのだ。

「アニエス様は、念のためここから離れてください」

トッレが警戒するように前に出る。

「ええ、わかったわ。トッレ、気をつけてね。ポール、行きましょう」

「僕もトッレさんにお供します！　姉上は僕の実力をご存じのはず」

たしかにポールは強い。私がこっそり魔法で強化しているので、最近はさらに強くなった。

「無理はしないでね。何かあったらすぐ、屋敷へ逃げていらっしゃい」

言い置いて、私は屋敷へ向かって庭を移動する。ここは庭の奥ではあるが裏口から遠い。表に回ったほうが早く屋敷には入れそうだ。

私は駆け足で門のほうへ急いだ。走り回ったら過保護なナゼル様が渋い顔になるが、今は絶対安静よりも危険を避けるのが大事である。

(あとちょっとだわ)

すると、進行方向にある別の茂みがガサゴソと音を立てて動いた。

(何？　魔獣？)

私は慌てて立ち止まる。

(ジェニやダンクではなさそうね……)

あの二頭なら巨体が見えるはずだ。

困ったことに、トッレもポールも庭の奥にいる。

(どうしましょう。とにかく、茂みを無視して屋敷の入口まで走るしかないかも)

だが、茂みから何かが飛び出すほうが早かった。ピンク色の髪をした何かが……。

「小鳥ちゃんっ!!」

唐突に呼びかけられ、私は悲鳴を上げる。

「ひぇっ！」

おそるおそるそちらを向くと、見覚えのある男性が立っていた。

忘れもしない、その出で立ち。

ちょっとくたびれていて髪が伸びているけれど、僅かに無精髭(ひげ)も生えているけれど……。

(なんでここにいるの？)

それはセンプリ修道院を脱走して行方不明になっていたロビン様だった。

冷静に考えると、私を『小鳥ちゃん』なんて呼ぶのは、ロビン様くらいだ。

急に私に向かって飛び出してきた彼を慌てて避ける。

「……ロビン、様……？　どうしてこの屋敷にいるの？」

驚いて問いかけると、彼は昔のような、少し意地の悪い甘い微笑みを浮かべて口を開いた。

「ちょっと行き当たりばったりだったけど、もともと、ここへ来る予定だったんだよ」

ポッポが知らせてくれようとしていた危険は、ロビン様だったのかもしれない。

「森の中を人のいそうな方向に向かって走ってたら、近くの街道に馬が停めてあるのが見えてさ。それを拝借して一番大きそうな家を目指してみたってわけ」

「馬泥棒！」

間髪を入れず、私は彼を非難した。

領民の馬を奪うなんて。相も変わらず、平然とけしからんことをする人だ。

(ロビン様が馬に乗れたのは意外だけど)

運動全般は苦手だと思っていたのだ。

「まあまあ。馬はその辺で解放したから、許してちょ♪」

悪びれずにロビン様は笑う。

「あとで回収して持ち主に返さなきゃ。馬は領民の大切な財産なのよ？」

「んー。知らね」

彼がここに現れた目的はわからない。

だが、私がやるべきことは一つだ。大きく息を吸い込み、お腹を膨らますと、自分の出せる最大級の声を上げた。

「ロビン様、発見――――！　確保、確保ぉ――――っ！」

庭の反対側にいるトッレやポールはもちろん、屋敷にいる人たちや見回り中の兵士にも届く大きさだろう。

だが、ロビン様の動きは速かった。

「小鳥ちゃんってば、可愛いさえずり～～。でも、無駄だよ」

ロビン様が魔法を使う気配がする。私は慌てて後退し、彼から距離を取った。

そこへ、軽やかな足音が駆けてくる。

「アニエス様！」

「あっ……ケリー！」

比較的近くにいたのだろう。

私の声を聞きつけて、警備担当の兵士と共にケリーも屋敷のほうから走ってきて、凛とした佇まいで冷静に兵士に指示を出してくれた。

「彼の捕縛をお願いします。私はアニエス様を安全な場所へお連れしますので」

兵士たちは「そりゃあー」と叫び、一斉にロビン様に飛びかかっていく。すごい迫力だ。

「アニエス様、もう大丈夫ですよ。駆けつける前に、メイドづてにナゼルバート様に連絡しましたので。ソーリス様はホーリー様と一緒に安全な屋敷の中心部へ移動されました。念には念を入れたいですから」

「ありがとう、ケリー！」

「ええ。アニエス様も屋敷へ戻りましょう。ここは危険です……」

言いかけたケリーが何かを感じ取り、ハッとしてロビン様のほうを見る。彼のほうからただならぬ雰囲気を感じたのだ。

（この感じ、魔法を使った気配だわ）

私も彼女と同じ雰囲気を覚え、ロビン様が立っている方向を睨んだ。

すると、兵士たちが全員放心状態になって動きを止めている。よく訓練された彼らにとって、通常ではあり得ないことだ。

（前に彼に魔法をかけられたときの、私と同じ状態になっているんだわ）

ロビン様の魔法は相手の心を無防備にし、しばらくの間、思考を剝き出しにさせてしまうのだ。そうなると、今の兵士たちのような状態になってしまう。まるで夢の中にいるように、意識がもうろうとして、通常どおりに思考できなくなる。

とても危険な魔法だった。

「俺ちゃんはもう、以前の俺ちゃんじゃない。今は可愛いご令嬢だけじゃなくて、男にだって聖なる魔法をかけられるんだから。兵士なんて怖くないし～」

（自分で『聖なる』って言っちゃった）

なぜか、ロビン様は誇らしげに語っている。

「本当は嫌なんだよぉ？　魔法を使うときに微妙に感覚共有が起こっちゃうから、野郎の意識が俺ちゃんに入り込んでくるんだ。おぞましい……。それに……」

言いかけて、ロビン様はふと黙り込んだ。続きが気になる。

「まあいいや。とにかくっ、俺ちゃんは以前の俺ちゃんではない！」

(二回言った……)

ロビン様は、今度は私たちに魔法をかけようと迫ってくる。

「何が目的なんですか？」

私はケリーと一緒に後退しながら、ロビン様を問いただした。

「もちろん、小鳥ちゃんに会うことだよ～」

「嘘をつかないでください」

彼は私を全く脅威に思っていない。表向きには私の魔法はただの「物質強化」だと発表されているので、もしかするとそれを知ってのことかもしれない。「絶対強化」の魔法を持っていても、ロビン様の精神に関与する魔法が相手では、すぐ対抗できるとは思えないけれど。

「小鳥ちゃん！　さあ、俺ちゃんと一緒に大海原を旅しよう！」

「しません」

私は即答した。ロビン様の突飛な言動の意味は不明だが、彼の行動には大抵裏がある。

どうせ逆恨みから、私を人質にとってナゼル様の弱みを握ろうとか、そんなところだろう。

（厳しいセンプリ修道院にいたのに、考え方は以前のまま。反省も成長もしていないのね）

これほどまでに利己的な人がいる事実が悲しい。

だが私が何かを思ったところでロビン様が意見を変えることなどないのだろう。

※

ナゼルバートはこの日も砦の廊下を駆けずり回っていた。

とにもかくにも人手が足りない。

一つの問題が片付いても、次から次へと改善点が湧いてくる。

そうして恒例行事の魔獣暴走に嵐。

スートレナには、まだまだしなければならない改革が山積みだ。そんなナゼルバートのもとに部下が駆けてくる。

「ナゼルバート様！　不審な舟について新たな報告がありました！」

「身元がわかったの？」

「いいえ。ただ、我が国の舟ではないそうです……他国の、ポルピスタンかマイザーンのものかと」

「たしか、あの二国は、同じ形状の舟を使っていたね」

「はい、現在判別を進めている最中です」

「ありがとう、引き続きよろしく頼む」

部下が去って行くと、今度は別の部下が廊下を走ってきた。

「ナゼルバート様！　天気予報の結果が出ました！　今年は嵐の日と魔獣暴走の日が被るようです！　それから、嵐の規模が例年よりかなり大きいと……」

「なんだって!?」

思わず大きな声を出してしまう。大変なことになった。

「例年どおりの対策だと、大きな被害が出そうだね」

「ナゼルバート様が来てくださってからは、強化された防壁のおかげで被害は格段に減っています。ただ、数は少ないですが、たまに防壁を突破する魔獣がいるので……そのことだけが心配です」

「うん、君の言うとおりだ。今年は中心街の頑丈な建物や砦、うちの屋敷を中心に避難所を作って、より多くの住民に避難してもらったほうがいいだろうね。嵐の対策にもなるし」

「はい！　使用できる建物を確認してきます！」

部下と対策を練っていると、さらに別の部下が走って来た。

「ナゼルバート様！　浸水しやすい地域の一覧を作成しました！　こちらの地図を確認してください」

「ありがとう」

地図を受け取ったナゼルバートは、それを先ほど話していた部下に渡す。

「この地域の住人は全員避難させて」

「はい、そのほか危険な地域の住人にも避難指示を出します」

「家の頑丈さに自身がない人たちも積極的に避難所に受け入れよう。以前俺とアニエスが強化した建物は大丈夫だと思うけど。それでも土砂崩れなどの被害があるかもしれないからね」

指示を出し終えると、二人の部下は駆け足で去って行った。彼らもまた忙しい身である。

「ナゼルバート様っ！」

今度はヘンリーが走ってきた。息切れでふらふらしている。

「ベルトラン殿下から、お、お手紙が……ロビン脱走の件で……うっ……」

「大丈夫かいヘンリー。手紙は読ませてもらうから、君は息切れが治るまでここで休んでいくといいよ」

ヘンリーは壁に手をつき、息を整え始めた。倒れないか心配だ。

手紙を読もうとすると、今度は廊下の正面からリュークが走ってくるのが見えた。

「あ、いた！　ナゼルバート様！　大変です！　屋敷でアニエス様がっ!!」

「……!?」

ベルトランからの手紙を握ったまま、一も二もなくナゼルバートは飛び出した。

※

一歩一歩近づいてくるロビン様から逃れようとしていると、パキパキと小枝の折れる音がした。

音のするほうを見ると、巨大化したトッレが少し離れた場所からこちらを見下ろしている。

彼の顔の辺りではポールとポッポが並んで飛行していた。庭の端から走ってきてくれたようだ。

「姉上!!」

「アニエス様っ!!」

トッレとポール、そしてポッポは急いでこちらへ向かってきた。ポッポ以外は息を切らしている。

彼らを見たロビン様が、露骨に眉間に皺を浮かべた。

「げ、筋肉男……と、誰？」

「おのれ、ロビン！　両親の仇――――！」

ポールが例の不思議な飛び方でこちらに突っ込んでくる。

私たちの両親はロビン様に唆されて悪事を働いたせいで、今は王都の拘置所に入れられているのだ。問題のある両親だったが、ロビン様に出会わなければ真っ当に生きていたことだろう。

(でも……お父様もお母様も、まだ生きているわよ？)

私は心の中でポールの言葉に対して指摘する。

二人は今も王都の拘置所でピンピンしており、無理難題を言っては刑務官を困らせているようだ。

あんな両親だけれど、二人ともポールのことは最後まで気にかけていた。

そして、ポールも方向性はどうであれ、両親から愛されていたことはわかっているのだろう。

(だから、あんなに怒っているんだわ)

怒りにまかせ勢いよく飛びすぎたせいで、ポールの眼鏡が吹っ飛んでいる。現れたポールの素顔を見て、ロビン様が叫んだ。

「マッチョな、小鳥ちゃん!?　可愛いけど、なんか固そう」

ロビン様から不穏な空気を感じ取ったのか、ポールがギョッとして彼から少し距離を取る。心なしか、怖がっているようだ。

「ぼ、僕は漢だ！　そんな邪な目で見るな！」

ポールは逞しい体格だけれど、顔だけは母や私に似てしまって、女の子でも通ってしまう。彼は女装をして、私を助けてくれたこともあるのだ。

でも……本当は、自分の女顔を少し気にしている風にも思える。

私は複雑な思いに駆られているポールを庇った。

「ポールは私の大事な弟なの！　変な真似をしたら許さないわ！」

男だと伝えた途端に、ロビン様はポールへの興味をなくしたようだった。

「弟？　なぁんだ、残念。妹ならよかったのに」

妹だったら何をするつもりだったのだろうか。本当に油断のならない相手である。

形勢不利とみたのか、ロビン様はくるりと回れ右をした。

「まだ捕まるわけにはいかないんだよね～。とりあえず、ナゼルバート周辺の現状を見られたし、仕返しは後回しかな」

「逃げるなロビン！　リリアンヌの仇――――！」

巨大化したトッレの右手が、ロビン様のいた場所に容赦なく振り下ろされる！

トッレの婚約者だったリリアンヌもまた、ロビンに唆されて道を踏み外した一人だった。もちろんのことながら、トッレもロビン様に対して恨みを抱えている。

（リリアンヌ様も生きているわよ～）

私はトッレの言葉に対しても、心の中で指摘した。

ちなみに彼女は、もうすぐ出所する予定だ。

「びゃあああっ！」

ロビン様は素早くトッレの巨大な手を躱した。

そして、地面を軽く凹ませたトッレの手に近づいて自分の手をかざす。

「それっ」

彼がそう口にした瞬間、トッレに異変が起きた。ぼうっと空を見上げたまま、動かなくなってしまったのだ。

（これは……ロビン様の魔法だわ）

先ほどの兵士たちと同じように、精神に作用する魔法をかけられたみたいだった。

私やポールがトッレに気を取られているうちに、ロビン様は屋敷の外へ向かって逃げていく。

その頃になって、ようやくロビン様の魔法にかかっていた警備の兵士たちが我に返り始めた。

「向こうに走っていく不審者を追ってください！　あれはセンプリ修道院を脱走した、元ミーア殿下の夫のロビン様です！」

「承知しました、アニエス夫人！」

兵士たちはロビン様のいる方向に向かって走り出す。

「念のため、近づきすぎないように気をつけてください！　彼は精神に作用する魔法を使います！」

ケリーや私の言葉に従い、兵士たちは魔法を警戒しながら、ロビン様を追って屋敷を出て行った。

「捕まえろ――――！」

大きな声が響く。

中には天馬に乗っている兵士もいて心強い。きっとロビン様は逃げ切れないはずだ。

「さあ、アニエス様はこちらへどうぞ。外はしばらく危険です」

ケリーに促され、私は屋敷へ戻る。

「トッレは大丈夫？　魔法の影響がまだ抜けていないかも……」

巨大化の魔法の継続時間が過ぎたようで、トッレは元の大きさに戻っていた。

少し離れた場所で、まだぼうっと空を見上げている。

そんなトッレに近づいたケリーは、彼の頬をむにっとつまみ上げた。

「トッレ様？　しっかりなさってください」

「んあ……？　ケリー殿？」

徐々に、トッレの目の焦点が合ってきた。ロビン様の魔法が解けたようである。

「お、俺はいったい何を……ロビンはどこへ行った？」

「ロビンは逃げました。今、兵士たちがあとを追っています。トッレ様はロビンの魔法にかかっていたのです」

「なんたる不覚!! アニエス様、申し訳ございません！」

あっさりロビン様の魔法にかかってしまったトッレはショックを受けている。

「いいえ、トッレ。あなたが無事でよかったわ」

でも、ロビン様の魔法はトッレのような直接的な攻撃をする相手との相性が悪い。

（あのとき、ロビン様は僅かにトッレに近づいてから魔法を放ったわ。もしかすると、ある程度距離を詰めないと魔法をかけられないのかもしれない）

そうなると、以前は男性に魔法をかけたがらなかったロビン様の行動の理由も見えてくる。

「トッレのおかげで、私はロビン様に何もされずに済んだわ。助けに来てくれてありがとう。ポールも、ケリーもね」

話していると、上空にピンク色のワイバーンが見えた。

ジェニに乗ったナゼル様が帰ってきたようだ。

「連絡が届いたようですね」

後ろで、ケリーが安堵（あんど）した様子で呟いた。

「ナゼル様が帰ってきたから、私はもう大丈夫。念のため、トッレはお医者様に診てもらうように。たぶん、後遺症はないと思うけど……」

私も昔、ロビン様の魔法にかかったことがある。だが、魔法が解かれたあと、特に体に害は残っていなかった。

トッレも同様だとは思うが、万一のことがあっては困る。

私の言葉に、トッレは素直に頷(うなず)いた。

「ポールはそろそろ、砦へ戻ったほうがいいんじゃない？　お使いだったのでしょう？」

「いいえ。僕はこのあと直帰なので大丈夫です。義兄上(あにうえ)に挨拶して帰ります」

ポールと話しながら空を見るとジェニが滑空してきて、ふんわりと私たちの近くに着陸した。その背から、軽やかにナゼル様が飛び降りてくる。

彼は私を認めると、慌てた様子で駆け寄ってきた。

「アニエス！　間に合わなくてごめん！」

ナゼル様は勢いよく私を抱きしめる。

「だ、大丈夫です。皆が守ってくれましたから」

あわあわしている私の横から、ポールが簡潔に状況を説明してくれた。できる子だ。

「……というわけで、ロビンは逃亡しました。現在、兵士たちが追跡中です」

「ありがとう、ポール。状況はわかった」

「それでは、僕は職員寮へ帰りますので、姉上のことをよろしくお願いします」

「ああ、気をつけて」

ポッポを連れたポールは、颯爽(さっそう)と庭を走り去っていった。近頃は会うたびに、弟が立派に成長していく……。

ポールを見送ったナゼル様は私を抱きしめた体勢のまま、心配そうに麗しい眉を顰めた。

「怖かったね、アニエス。まさかロビンが、こんな場所に現れて、あろうことか君に接触するなんて」

「謝らないでください、ナゼル様のせいではありません。私だってまったく予想していなかったんですから。とてもびっくりしました」

「本当に君が無事でよかった」

そう告げて彼は腕に力を込める。ゆるゆると、自分の体の緊張が抜けていくのがわかった。今になってようやく、いつも以上に心が張り詰めていたのだと悟る。

ナゼル様が傍（そば）にいる心強さを感じながら、私も彼の背中に腕を回した。

「アニエス、ひとまずゆっくり話せる場所へ移動しようか」

「はい……」

返事をするのと同時に、ナゼル様は私を優しく抱え上げる。久しぶりのお姫様抱っこだ。

「ナゼル様、申し訳ありません！　私がいながらロビンを取り逃がしてしまいました！　一生の不覚！」

「トッレはアニエスたちを守り抜いてくれたんだろう？　君を見てロビンは警戒し、形勢不利とみて走り去った可能性が高い。よくやってくれた」

「ナゼルバート様……もったいなきお言葉……」

立ち尽くすトッレは、うるうると瞳を潤ませ始めた。

続いてナゼル様はケリーのほうへ目を向ける。

「ケリー、連絡をくれてありがとう。アニエスを休ませたいから、部屋へ行くよ」

「承知いたしました。屋敷の中のことはお任せください」

ケリーに見送られながら、私たちはナゼル様の部屋に向かった。

ナゼル様はそっと私をソファーの上に下ろす。

ロビン様のことがあったからだろう、なんとなくいつもの彼よりもそわそわと落ち着かない雰囲気を感じた。

「ナゼル様？」

見上げると、彼は床に膝をつき、視線を私に合わせる。

「アニエス、怖い思いをさせてごめんね。俺の不手際だ」

私はナゼル様に顔を近付け、彼に立ち上がってもらいながら強く訴えた。

「何度も謝らなくて大丈夫ですよ。今回のことは、様々な予想外の事態が重なった結果です。断じてナゼル様のせいではありません！　私のために帰ってきてくれて感謝しています」

大体、彼は砦に連絡が行ってから、すぐ駆けつけてくれたのだ。あの短時間で屋敷まで飛んでくるなんて、それだけですごいことである。

いつもいつも、ナゼル様が私の身を案じてくれていることは、痛いほどわかっているのだ。

「優しいね、アニエス。ありがとう」

ナゼル様は私の額に優しく口づけながら言った。

やはりいつものように照れてしまう私は、ぎゅっとナゼル様のシャツを摑んで話を進める。

「ロビン様、魔法を使えるようになっていました」

センプリ修道院へ送られる際、彼は魔法を封じられていたはずだ。

「うん。誰か、彼の魔法を解いた人物がいるね。それも調べなきゃ……」

「どうやってロビン様の魔法が解かれたのかはわかりませんが、彼は魔法の使い方を変えてきています」

私は彼が以前よりも躊躇いなく魔法を使うようになっていたことをナゼル様に伝える。

「センプリ修道院へ行く前のロビン様は、いつも魔法を使う相手を選り好みしており、年頃のご令嬢相手にしか使っていませんでした。魔法を使う際に、僅かながら感覚の共有が起こってしまうようで」

私はロビン様の言葉をナゼル様の前で説明した。

「奴は、そんなことを言っていたのか」

「はい。魔法の使いかたも以前とは違っていて……心身浄化などで相手の悩みを消して、自分に依存させるよう誘導するような目的で魔法をかけるというよりは、魔法をかけた際に意識が虚ろになる現象を利用する方法を取っています」

ポールの報告を思い返しているのだろうか。ナゼル様は難しい顔で頷いた。

「相手を選ばず、すぐに魔法を行使するようになったということだね」

私はそんなナゼル様を促し、きちんとソファーに座ってもらった。自分もその隣に並んで腰掛ける。

「つまり、今も魔法をかけた際の作用の一つである、『対象の放心状態』を利用し、無防備な相手の隙を突いて逃げていると」

彼の言葉に間違いがなかったので、私は静かに「はい」と肯定する。

「ここへ来たのは単独での行動だったみたいですが、おそらくロビン様には仲間がいるのではと思います。センプリ修道院から一人でここまで来るのは難しいですよね」

「国境沿いの川で舟が見つかったけど、どうもデズニム国の舟ではなさそうなんだ。ロビンの脱獄には他国が関係しているのかもしれない」

「他国ですか?」

「ああ、この近くだと、ポルピスタンかマイザーンだね」

ポルピスタンは川を挟んで南にある国。マイザーンはポルピスタンの南西にある国だ。デズニム国からマイザーンへ向かうには、ポルピスタンを通るか西側の海を渡る必要がある。

「ロビンの魔法は特殊だが、奴一人で他国へ渡ることなどできない。必ず協力者がいる」

「困ったことになりましたね」

「ああ、奴の魔法は厄介極まりない。鑑定で魔法の種類が発覚した時点で、保護されていないのが不思議なくらいだ」

鑑定士たちも、ロビン様のように特殊な魔法の結果が出た際には、きちんと神殿や城へ報告している。精神に作用する魔法はとても珍しいので、持ち主は魔法を理由に保護されることが多いらしい。

魔法に疎いエバンテール家で育った私は知らなかったが、デズニム国では鑑定士などに限らず、希少価値の高い魔法を持つ者を保護するようなのだ。

「保護で有名なのは、エミリオのような鑑定士、拘置所などにいる封印士、その逆の解除士などですよね」

封印士は犯罪者などを捕まえた際に魔法を封印するのが仕事。解除士は出所時に魔法を解くのが仕事である。

希少な魔法だが、これらの特性を持つ人材は、どの治世にも一定数現れる。

だから、国内では、魔法が発現しない幼いうちに鑑定を受けることが推奨されていた。

もし、希少な魔法だと判定されれば、優秀な人材として確保されたり、悪用を防ぐために保護されたりする。そして、安全な魔法の使い方に関して、しかるべき施設できちんと教育を受けるのだとか。

（鑑定士のいないスートレナだけは、今まで例外だったけど）

しかし、鑑定のできる神官エミリオが来てからは、スートレナでも自分の魔法を鑑定してもらおうという人が増えてきている。

今のところ、新たに希少な魔法は発見されていないようだ。

（エミリオは凄腕だから、彼の報告は信用できるわ）

ナゼル様は、思い詰めたような表情を崩さない。

「……ロビン様の魔法は精神に関係するものなのに、彼はデズニム国に保護されていなかったのでしょうか？」

疑問に思ったことを口に出すと、ナゼル様が少し困った表情で言った。

「俺も細かく知っているわけではないけど、調査によるとロビンは流民の出らしく、幼少期に一般的なデズニム国民のように鑑定を受けていなかった可能性が高いみたいだよ。彼の母親は外国の出身みたいだね」

流民とは、定まった住居がなく他国をさすらう人々を指す。

デズニム国にも、どこからか難民や複雑な事情を持つ逃亡者などが流れてきて住み着く例があった。ただ、そういう人たちは一様に貧しく、都会の片隅で細々と暮らすことが多いらしい。国民ではないので、国も彼らを保護することはなかった。

「そうだったんですね」

「ああ、ロビンはデズニム国王都の貧民地区にある、花街で生まれ育ったようだ」

「ロビン様はレヴビシオン男爵の実子でしたよね？」

「うん……つまり……そういうことだね。男爵はロビンの母親の客で、彼女の死後にロビンを引き取ったということだろう」

ロビン様の人生は波瀾万丈だったようだ。

そうして、数多の令嬢を踏み台にし、貴族として上り詰めていったロビン様は、ついにミーア王女と出会った。その頃に、ようやく魔法の鑑定を受けたのだと思う。

「王宮では、ロビン様の魔法は『聖なる魔法』という扱いでしたよね」

「ああ、ミーア元王女が自分の正当性を主張するために、奴の魔法をそう言って広めた。二種類の魔法を扱える例は珍しいし、実際に浄化や治癒の要素はあったからね。今のアニエスほどじゃないけど」

聖女のような力の持ち主として、ロビン様は有名になった。

そして、当時の権力者である元王妃が後ろ盾だったのと、ミーア様が「聖なる魔法」扱いしたことで、誰もロビン様の魔法について深く突っ込めなかった。

だからロビン様は魔法を悪用し、リリアンヌのような令嬢の被害者をたくさん生み出していたのだ。

「ロビンの魔法の封印を解除した者たちの目的は、まだはっきりしていないけれど、きっと奴の魔法が目当てなのだろうね。ポルピスタンもマイザーンも、お互いに聖女を手に入れたがっているから。聖女に目がないマスルーノ公爵のように」

マスルーノ公爵は隣国ポルピスタンの公爵で、デズニム国王妃のラトリーチェ様の叔父に当たる人だ。悪い人ではないものの、少し聖女への憧れが強すぎるきらいがあった。

自分たちの都合で、聖女として私を引き入れようとしたマスルーノ公爵のように、外国の誰かがロビン様の力を狙っていたとしても不思議ではない。

(やっぱりポルピスタンかマイザーンの可能性が高いのよね)

隣り合った二つの国は、昔からいがみ合っている。

前の聖女が活躍して、争いは一旦終結したものの、マイザーン側はまだポルピスタンへの侵攻を諦めていないようなのだ。

（だとすると）

今回デズニムは、完全にとばっちりを受けていることになる。

「はあ、ただでさえ忙しいこの時期に、勘弁してほしいよ」

私はお疲れ気味のナゼル様に手を伸ばし、優しく彼の髪を撫でる。赤みを帯びた髪はサラサラの手触りだ。

「お疲れではないですか？　少し顔色が悪いです」

「そうかもしれないね」

目を閉じたナゼル様はされるがままになっている。本当に疲れているようだ。

「ただでさえ、魔獣対策や嵐の対策をしなければならないところに、ロビンの脱走だ……よりによって奴はスートレナ内をうろついている上に、外国の関与も疑われる」

ナゼル様は珍しく、負担を感じているような様子だった。

人手不足対策もこれから解決に向けて動いていくところなので、まだまだナゼル様が動かなければならない案件は多い。

「心配だから、今から現場へ行こうかな……ベルトラン陛下からの手紙もまだ読めていないや」

そう言って立ち上がったナゼル様は、僅かにふらついている。私はそれを見逃さなかった。

「ナゼル様、このままでは体がもちません。きちんと休んでください」

いざというときに動けなくなれば、ナゼル様だって困るはずだ。

「今は兵士の皆さんが、ロビン様たちの捜索で動いてくれているのでしょう?」

「うん。既に川沿いから海のほうまで、怪しい者がいないか捜索する指示を出してある。スートレナは騎獣を扱える人材が多いから、こういうときは助かるね」

ポケットから手紙を取り出したナゼル様は、静かに手紙に目を通していく。彼の視線はすこし険しい。

「……なにか、重要なことが書かれているのですか?」

「ああ、ロビンを逃がした者のことが書かれてある」

「それって」

「センプリ修道院に一番近い街で、異国風の男が目撃されていたらしい。異国の、マイザーン風の顔立ちだったそうだ」

マイザーンの人の肌は、デズニム国の国民より若干日に焼けている印象がある。砂漠付近に住まう人々だからだろう。

「デズニム国の北はスートレナといい勝負の田舎だ。マイザーンの人間がいるなんて明らかにおかしい。おそらく海へ逃げるだろうから、海岸の見回りに人員を割かなければ……」

「海……。たしかに、マイザーンへ行くにはポルピスタンを通るか、海を渡るかしないといけませんからね」

「移動距離を考えると、マイザーンの人間がポルピスタン内を抜けて帰るというのは考えにくい。中にはポルピスタンに入り込める者もいるかもしれないが、ロビン連れだと難儀するだろう。あいつは悪目立ちしすぎる」

「敵国同士だから、見つかると危ないですものね。ロビン様は大人しくしていないでしょうし」

両国は何かにつけて対立しているので、そうなるとマイザーンの人間は容赦されない可能性が高い。海を通るほうがまだ安全だ。

「ナゼル様、私が代わりに砦へ連絡を入れますね」

一旦廊下へ出て、ちょうど医者の診察を終えたトッレに砦への伝言を頼む。

「……というわけで、もし動けそうならヘンリーさんに伝えてほしいの。ナゼル様は無理がたたって、動けない状態だから、今後に備えて今日は休んでもらうわ」

「承りました！　せっかく得た汚名返上の機会なので、任務を全うしてみせます！　心配しなくても、もうピンピンしていますので！」

トッレは天馬に乗って砦に飛んでいった。

部屋に戻った私は、具合の悪そうなナゼル様にトッレのことを報告する。

「あとは兵士の皆さんの健闘を祈りましょう」

私は少し場所を移動してナゼル様の隣に座り直すと、彼を両手で引き寄せた。これからすることを考えると、ちょっとドキドキする。

「アニエス？　どうしたの？」

ナゼル様は慌てつつ、私に引っ張られるがまま、ぽすんと体を倒した。

彼の頭が倒れた先は私の太ももの上だ。いわゆる膝枕である。

「ナゼル様はまだ砦へ戻ろうとお考えかもしれませんが、そんな状態で現場へ行くのは禁止ですよ。あなたが倒れてしまっては大事なときに指揮を執る人がいなくなります」

尚も現場へ突撃しそうなナゼル様は驚いたように私を見たあと、諦めたように抵抗を止めた。

「……アニエスの太ももの魅力にはあらがえない。気持ちよすぎるからね」

そういうことにしたのだろう。

どうなることかと不安だったものの、彼は一瞬にして私の提案を受け入れてくれた。

ただ、やられっぱなしは嫌なようで、ほんの少し意趣返しもしてくる。するんと太ももを撫でられる感覚がし、私はびっくりして声を漏らした。

「ひゃっ、ナゼル様。太ももに頬をスリスリするのは禁止ですよ」

「んー……嫌だ」

「はわっ、手でさするのも禁止です」

「んー……止めない」

「へょわっ」

やりたい放題のナゼル様は、そのうち疲れが襲ってきたのか、穏やかな寝息を立て始めたのだった。

そうして私たちは、久しぶりの夫婦二人だけの時間を過ごした。

❸ 芋くさ夫人と他国の密偵

ロビンを連れたデフィは必死に悪路を走っていた。スートレナは雨が多いせいで、地面がぐちゃぐちゃだ。

「まったく、あなたが寄り道をしたせいで、デズニム脱出の危機ですよ。ああ、もうっ、捕まったらどうしよう……」

スートレナの暖かな森をひたすら進む。

この辺りだけ特殊な気候と土地柄のため、生えている植物はこれまでとは全く異なっていた。そして暑い……。

デフィが注意しているのに、ロビンは相変わらずどこ吹く風だった。

「大丈夫だってぇ～。もうすぐ海っしょ？　海へ出れば、こっちのもんっしょ？　あんた、いちいち細かいこと気にしすぎだって」

「……」

浮かれ気分でちんたら走りながら、ロビンは上から目線でデフィに苦言を呈する。

このパターン、何度目だろう。

忍耐力があると自負しているデフィも、さすがに目眩（めまい）がしてきた。

「ロビン、そんなことをしていて、スートレナの兵士に追いつかれたらどうするつもりです!?　こ

この領主を警戒していたのではないのですか？」

「え～～？　兵士なら少し前に撒いたじゃん。しばらく、この森を彷徨ってるんじゃね？　ナゼルバートの奴も結局出てこなかったし、ここまで手が回っていないのかもね。ウケる」

「……だといいですけど。あなたが言ったんですよ、ここの領主はヤベー奴だって」

走っていると、前方から潮の香りがした。

もうすぐ国外へ逃げられるとわかり、ロビンの声が弾む。

「ほら、海が近いって。心配しなくても逃げ切れるっしょ！」

「あ、待ってください、ロビン」

デフィは急に足が速くなったロビンを追いかける。

森の木々をかき分けて進むと、目の前が急に開けた。川と海が混じり合う光景が広がり、その先には大海原がどこまでも続いている。

残念なことに空には分厚い雲がかかっていて、天気は下り坂だが……。

（はあ、厄介な時季にスートレナへ来てしまった。ここ最近は大規模な嵐は来ていないと聞いていたのに……）

デズニム南端の、この場所には乾季と雨季があるという。

今は乾季の終わり頃ということもあって天気が不安定なのだ。

こうして、空に雨雲が広がることも珍しくはなく、場合によってはこれが嵐に発展することもあるらしい。デフィの見立てによると、これは単に天候が崩れているわけではなく、明らかに嵐の前兆である。

だが、ロビンは暢気（のんき）に観光気分で海を眺めていた。デズニムで暮らしていたとはいえ、この辺りには来たことがないのだろう。

「水平線だ。俺ちゃん、海は初めて見た！　ひゃっほーう！」

海へと続く白い砂浜でロビンが子供のようにはしゃぐ。いい年の大人なのだから、勘弁してほしい。

（ん？　あれは……）

デフィは海沿いの茂みに、数騎の天馬とマイザーンから来た仲間の姿を発見した。

隠れながらここでロビンやデフィを待っていてくれたようだ。

（よかった、これで助かる）

デフィは足早に彼らに駆け寄ると、今までの顛末（てんまつ）を簡潔に説明する。

事前に連絡していたので、すんなりと話がまとまった。

「……というわけで、私たちには追っ手がかけられています。ここが見つかるのも時間の問題なので早く出発しましょう」

仲間たちは「了解！」と告げ、それぞれ騎獣で羽ばたく準備を始めた。

天馬で休みなくマイザーンまで飛ぶのは困難だが、途中で船を待機させてある。

そこからは船で騎獣を休ませつつ、自国へ向かう手はずになっていた。

マイザーンから来た仲間たちはそそくさと天馬に乗って逃げる準備をし始める。

「ロビン、あなたはあちらの天馬に乗ってください。私は騎獣の操縦が得意ではないので、二人乗りの自信がないのです」

人には向き不向きがある。

自他共に認める器用さを持つデフィだが、こと騎獣の操縦に関しては別だ。騎獣はいつも、デフィの予想外の動きをするため、自分一人が乗るので精一杯である。

騎獣に乗るよう促すと、ロビンはあからさまに不満げな態度を示した。

「え――。そもそも俺ちゃん、騎獣になんて乗れないし。おっかないから乗りたくないんだけど～？ だってさあ、騎獣なんて言っても魔獣なわけじゃん？ それに直に乗るとか、正直気味が悪いって言うか」

マイザーンでも騎獣に乗れるのは一部の人間だけだ。同じくデズニムでもまだ、騎獣は一般的ではないらしい。

「天馬なので馬と同じですってば。あなた、馬には乗れたでしょう？」

「違ーいーまーすぅー」

デフィはイラッとしながら、ごねるロビンに声をかけ続ける。

正直、砂浜に蹴り倒してやりたい。

「ロビン、操縦が上手な仲間が乗せてくれますから。あなたは後ろに座っているだけで大丈夫なんです」

「え――。野郎にしがみついて移動しろって？ 俺ちゃん、そういう趣味じゃないし。女の子いないのぉ～？」

この期に及んで文句を言うロビンに、デフィはさらにイラッとしてきた。

命令とはいえ、こちらはこの男のために、数々の危ない目に遭っているのだ。

「いいから、早く乗って！」

デフィが告げた瞬間、背後の森からバサササッと大量の鳥が空へ向かって飛び立った。

「……っ!?」

何かが近づいてくる気配を感じ、デフィたちは揃って総毛立つ。

「ストレナの追っ手が来たぞ！」

一人が声を上げたと同時に、背後の森から騎獣に乗った兵士たちが飛び出してきた。

と言っても天馬は数頭だけで、残りは普通の馬や徒歩のようである。

まだ距離はあるが、このままでは安全に逃げ切れない。

（予想より随分早い。優秀な兵士みたいだ……ロビンの言ったとおり、ここの領主が切れ者なんだろうな）

デフィは冷や汗を浮かべた。

「ロビン、仲間と一緒に早く逃げてください。私が囮となって時間を稼ぎます」

「ちょ、うわっ」

騎獣にロビンを押し上げて、デフィは仲間に合図する。

「今です！」

勝手知ったる仲間たちは黙って頷いた。彼らもこの選択が最良だと理解しているし、誰だって危険な地に残る役目を引き受けたくはないのである。

「行ってください。彼をあの方のもとへ……！　頼みましたよ！」

海は荒れ模様だったが、騎獣は空を駆けるし魔力を用いて障壁を張るため、天気の影響を抑えられる。あたりを確認し、デフィは声を張り上げた。

「まだ逃げ切れます。急いで！」

仲間の騎獣たちはバタバタと一斉に灰色の雲に覆われた空へ向かって飛び立っていく。

後ろから怒号が上がった。スートレナの兵士かとおもいきや……騎獣に乗っている味方の兵士たちだった。

「お戻りください、そちらは危険です！」

何ごとかと、目を見開く。問題を起こしているのは、案の定ロビンのようだ。

なんと、彼は勝手に騎獣から下りて、浜辺に停めてあった船に乗ろうとしている。

(何考えてんだ!?)

デフィは驚愕した。

(嘘でしょ!!　正気なの!?)

ロビンは船にしがみつきながら、仲間たちに何かを訴えている。

「なんで？　そっちに船が停めてあるじゃん。こっちで移動すればいいじゃん」

「非常事態です！　騎獣のほうが確実に逃げられます。船員もすでに船から出て騎獣に乗っているため、今から船で出発し直すには時間がかかります」

仲間とロビンは船の前でくだらない問答を続けている。デフィは気が遠くなった。

夢だと思いたいが、生憎この馬鹿みたいな光景は現実である。

そうこうしているうちに、ストレナの兵士たちが追いついた。天馬から下りた兵士が砂浜を駆けてくる。

「いたぞー、ロビンだ！」

「であえ、であえーっ！　ナゼルバート様のためにも、絶対に捕獲するぞ！」

せっかくのデフィの行動も、全部無駄になってしまった。あれだけ準備に時間をかけて、数々の苦労をしたというのに全部がパーだ。空しさだけが募る。

「くそっ、任務は失敗だ。我々だけでもここから逃げなければ……!!」

仲間はロビンを連れ出すのを諦めて空へ飛び立った。自分たちが捕まるわけにはいかないという判断はある意味正しい。

それを見たストレナの兵士が叫んだ。

「怪しい者たちが逃げていくぞ！　二手に分かれて後を追うんだ！」

「おお――――っ！」

敵の天馬も空へと飛び立つが、数が少ない上に両者の距離は開いている。天候のこともあるし、おそらく全員逃げ切れるとは思うが不安だ。

「はぁ……」

仲間の後ろ姿を見送りながらため息を吐き、デフィはその場にぽつんと佇んだ。自分の身柄に関しては、もう諦めている。

（あーあ、何をやっているんだか。仕事とはいえ、自分の身を危険にさらしてまで仲間を逃がすなんて。こんなことをしても、自身にはなんのメリットもないのに……下っ端根性、ここに極まれり。どうせ任務は失敗だし、国に帰りようもないんだけど）

デフィは、どこまでも「都合のいい部下」である自分が嫌になった。つい、心の中で愚痴りたくなってしまう。

（おまけに任務は失敗で、ロビンは連れ出せず仕舞いだ）

あれだけ苦労をしたというのに、捕まるときはあっけないものだった。デフィは投げやりな気分に陥る。

そもそも、今の仕事が好きというわけではない。

どちらかというと面倒だし、辞めたい。

（でも簡単には辞められないし……ああ、面倒！）

幼い頃に「解除」の魔法が判明してすぐ、お偉いさんからの使いが来て、デフィは彼らに引き取られることになった。

そこからは、他人の魔法を解除して暮らす、「解除士」としての日々が始まる。

対象は、釈放された罪人がメインだ。

ただ、そこでマイザーンの王弟に目をつけられた。

王弟の魔法は「封印」で、彼は自分の魔法を好きに振るえるよう、「解除」を持つデフィを必要としたのだ。「封印」の魔法の持ち主が魔法を使うのを止めても、施した封印状態はずっと残っているため、別で「解除」の魔法を使える者が必要だった。

なので、デフィは王弟に便利に使われてしまっている。

二つの魔法は対となる特殊なものであり、今のデフィは王弟の補佐の一人という立場になっていた。正直、平民出身の自分には荷が重く、もっと気楽な仕事に就きたかった。

(今では、本来の役目ではない密偵の真似事まで、させられているし。ああ、これって、働き過ぎでしょ！　ブラックすぎる労働環境だ！　本当に辞めたい。責任の軽い職場でのんびり過ごしたい！)

心の中で文句を叫べど、今までずるずると、惰性で職場を変えずに働き続けてきたのも事実。

王弟に目をつけられた以上、デフィが逃げるのは困難を極める。面倒だが、大人しく従うのが楽なのだ。

(あー、仕事辞めたい)

……というのは紛れもない本心で、デフィは心からのため息を吐いた。

※

「ナゼルバート様！　兵士たちがロビンとマイザーンの人間を捕えました！　海辺で二人を捕獲したそうです！」

翌日の早朝、まだ薄暗い砦で働いているナゼルバートのもとに、砦の部下の一人が情報を持ってきた。

「詳しく聞かせて」

ちょうど廊下を歩いていたところだったので、足を止めて振り返る。

海を渡るのに迎えが一人だけというのは考えにくい。

二人……ということは、残りは取り逃がしたのだろう。

「追跡途中で嵐に巻き込まれてしまい、他の者たちは見失ってしまったとのこと」

「そうか、報告ありがとう。この時季、スートレナの天気は不安定で荒れるからね。皆が無事に戻ってこられてよかった」

微笑みながら答えるが、内心は穏やかではない。

「とりあえず、ロビンは連れ戻せてよかった。残りは俺が対応を考えよう。念のためにエミリオを呼んで、彼の能力も鑑定してもらわないと」

自分も最前線の海辺へ出て追いかけていれば、全員捕縛できただろうか。体調を崩していたのが悔やまれる。

（いや、冷静になれば、具合が悪いのに前に立って、却って部下の足を引っ張っていた可能性もある。どのみち、あのときの俺には、あれ以上のことはできなかった）

決して数が多くない兵士を各所に配備し、特にロビンが通る可能性の高い海側には多くの人数を割いた。

天候さえよければ捕らえられたのにと悔やみ始めたナゼルバートは、ふるふると首を横に振ってマイナス思考を止める。

(もしもの可能性を考えて後悔していても仕方がない。自分たちには、これから先しかないのだから)

今できることを、さっさとやるべきだ。

ナゼルバートは、まだその場を動かない部下に問いかける。

「これから、マイザーンの者に会って目的を確かめたい。いまはどこに?」

「現在、中心街にある拘置所の一角にて取り調べ中です。あ、あと、先ほどアニエス様が砦に差し入れを持って来られました。いつもよくしていただいて感謝いたします」

「こんな時間にアニエスが来ているの……?」

夜が明けたばかりだというのに。心配だ。

ナゼルバートは、今すぐアニエスに会いに行きたくなった。

家でいつも会っているだとか、職場でイチャついてどうするのだとか、そんなのは関係ない。彼女がいるなら、いつでも一緒にいたいというのが夫心である。

だが、自分には、やらなければならないことがある。

悔しさを噛みしめながら、拘置所へ向かおうとするナゼルバートを前に、ふと部下が声を上げた。

「あ、アニエス様！」

「……っ!?」

冗談かと思って振り返ると、本当に笑顔のアニエスが立っていた。

（ああっ、そんな無防備な微笑みを振りまいて……変な男が寄ってこないか心配だ）

最近のアニエスは徐々に体調も戻ってきており、フットワークが軽くなっている。

ソーリスと一緒にいることが多いが、今日は領主夫人としての仕事を頑張ってくれているようだ。

「来ちゃいました。ナゼル様、これからどこかへお出かけですか？」

砦を訪問するために着替えたのだろう。よそ行きの服を着たアニエスも可愛い。

「今から、拘置所へ行く予定だったんだ。捕らえたマイザーンの者がいるから、様子を見に行こうと思って」

すると、アニエスは目を瞬かせながら口を開いた。

「そうなんですね。私もご一緒していいですか？　マイザーンの人がどんな感じなのかを知りたくて。聞きたいこともあるし……」

「アニエスは好奇心が旺盛だね。でも、俺としては彼に君を会わせたくない。わざわざ行くことないと思うよ」

「私はロビン様にも直接会っていますし、何か気づくことだってあるかもしれません」

これは、彼女が絶対に譲らないときの目だ。

そしてナゼルは一生懸命なアニエスの、この表情に弱い。可能な限り、希望を叶えてあげたくなる。

「……立ち会いだけでいいなら」

「ありがとうございます！」

アニエスに甘いナゼルバートは、結局最後には折れることになってしまった。だって妻の可愛いお願いは無視できない。

それに、アニエスはナゼルバートとは違う視点で物事を解決してしまうことがある。

思いも寄らない方法で彼女がナゼルバートを助けてくれたことは、今までに何度もあるのだ。

今回に限って言えば、相手は丸腰で牢屋の中。危険はないし、連れて行っても問題ないだろう。

あと、アニエスと一緒に出かけられるのは単純に嬉しい。

今日はダンクが一緒に来ていたので、彼女を呼んで二人で騎乗した。

大柄で頑丈なダンクは二人が乗っても重くないらしく、平然としている。

部下の乗った天馬たち、護衛としてアニエスについてきたトッレと一緒に元気よく空を走り、ダンクはすぐに目的地へ到着した。

ここは、リリアンヌがいる女性向けの罪人収容所の裏に位置する、男性向けの拘置所である。

スートレナ内で起こった軽犯罪から重犯罪まで、様々な罪人が収容されていた。

今回捕まったマイザーンの者は特例なので、別棟にて隔離されている。

ちなみに、ロビンは重犯罪者の棟に入れられているようだ。

拘置所の敷地内は殺風景で、平らにならされた土の上に、石造りの四角い建物が等間隔に並んでいる。

建物の外は閑散としていた。

「アニエス、目的の建物はあっちだよ」

ナゼルバートは、ふらふらとあらぬ方向へ向かおうとする妻の手を繋いで引き留める。

本人に告げたことはないが、アニエスは若干方向音痴のきらいがある。

おそらく、エバンテール家にいた頃、親に命じられた婚約者探し以外で、ほとんど外出していなかった弊害だろう。

放っておくと自信満々の顔で、ずんずんと違う場所へ進んでいってしまうのだ。

ジェニに乗って空を移動するときはともかく、一人で地上を歩かせるのは心配だった。

「一緒に行こう」

そう言って、ナゼルバートはアニエスを抱き上げる。

「ひゃっ」

アニエスは驚いた声を出した。

妊娠中はあまりアニエスを抱き上げられなかったので、これくらいは許してほしい。

「ナゼル様!?」

慌てふためきながらも、アニエスはナゼルバートのしたいようにさせてくれる。

なんだかんだで優しい妻だ。

しかも、安定を求めた彼女に首に抱きついてもらえ、まんざらでもないナゼルバートである。

簡素だが頑丈な四角い建物の中に足を踏み入れ、廊下の奥へと進んでいく。

中は明るく清潔に保たれていた。

以前、ナゼルバートが拘置所の環境改善を行わせたからだ。

スートレナの経済状況がよくなり、こういった場所にも資金を回せるようになった。

しばらく歩くと先日捕らえたマイザーンの者が入っている牢屋があった。

この建物自体が特殊な罪人用なので、牢屋の数自体は少ない。

そっと地面にアニエスを下ろすと、お姫様抱っこから解放された彼女が、小走りで牢屋へ近づいていく。

そうして、アニエスはなんの躊躇(ちゅうちょ)もなく、「こんにちは」と、囚(とら)われている人物に声をかけた。フランクすぎる。

捕まっているのは灰色の柔らかそうな髪に水色の瞳の、アニエスと同じ年頃の青年だった。マイザーンの者特有の日焼けした肌の持ち主で、調書によるとデフィという名前らしい。

おそらく、センプリ修道院付近の街で目撃されていた人物だろう。

「あなたは、海からここまで運ばれてきたと聞いたわ。具合は悪くない？」

牢屋の前にしゃがみ込んだアニエスの問いかけに、デフィは頷く。アニエスに害意がないのを感じ取ったのか、素直だ。

デフィは特に怪我(けが)をしているところもないように見受けられる。兵士たちはきちんと彼を移送したようだ。

「ロビン様を連れ出す作戦は失敗だったわね。彼は誰かの思いどおりに動くような人じゃないから、連れ出すのも大変だったでしょう？」

同情するアニエスの言葉を聞いて、ナゼルバートも心の中で同意した。

ロビンを普通の人間と同列に考えるのは危険だ。しかも、奴は今、失うもののない無敵の人間と化している。

（マイザーンの者に、今さら注意しても仕方がないけど）

顔を上げたデフィはアニエスを一瞥（いちべつ）すると、投げやりな口調で答えた。

「その様子だと大体の事情は把握されているようですね」

口調は丁寧だが、態度は傲岸不遜だ。

（でなければ、ロビンをここまで連れてこられないか）

成し遂げた仕事について考えると、かなり優秀な人物だとわかる。

「あなたは、どうしてロビン様を連れ出そうとしたの？　やっぱり、彼の魔法が目当て？」

デフィはアニエスの様子を注意深く窺（うかが）っている。

（疑っても、アニエスに他意はないんだけど）

彼女はどこまでも素直なのだ。

大事な妻に何かあってはいけないと、ナゼルバートはすぐ動けるよう相手を警戒した。

「……私は上の者に命令されてロビンを迎えに行っただけ。ロビンの処遇については、自分程度に決定権はありませんので……なんとも」

心からどうでもよさそうに答えるデフィを前にして、アニエスだけではなくナゼルバートも戸惑う。

これではまるで言われたことを実行するだけの、子供のお使いのようだ。

彼には自分の意思がないのだろうか。

「そ、そう……」

アニエスも若干引き気味に答えた。

「他にも質問があるならどうぞ。私のような下っ端は、有用な情報を教えられていませんが、それでよければ答えます」

自分からそのようなことを言い出すデフィに、ナゼルバートも面食らう。

二人の様子を見た彼は、またしても投げやりな口調で告げた。

「私、拷問とか嫌なので。さっさと情報を吐いて休憩したいです。我が身が可愛いんです。これからどうなるかもわからないし、ずっと働き通しだったので今くらい休みたい」

「えっと、拷問はしないと思うけど」

オロオロしながら、アニエスがナゼルバートを見てくる。ナゼルバートは彼女を安心させるためにしっかり頷いた。

かつてデズニム国を揺るがせたロビンを逃がした罪は大きい。

だが、他国の人間なので処分も難しい。

とりあえず、マイザーンとの交渉が成立するまでの間は、ここに放り込んでおくしかない。

（あとは陛下たちの仕事だし、俺の役目は彼らの管理とスートレナ内の調査や防衛くらいかな。この様子だと他の者に聞き出す仕事を任せて大丈夫そうだし）

次期王配だった時代ならともかく、自分がマイザーンとの交渉の席に着くことはないだろう。たぶん。

ナゼルバートはそう思っていた。そう思いたかった。そう望んでいた。

（どうにも不安な気持ちが湧いてくるけれど）

続けてデフィに質問しようとしていると、建物の入口が騒がしくなった。

「なんだろう」

振り返ると、表で待機していた部下の一人がナゼルバートのほうへ駆けてくる。

（いつものように、ひっきりなしに連絡が来るなあ）

もうナゼルバートは達観していた。

だが、なぜだかわからないが、今回の報告は厄介ごとの予感がする。

「ナゼルバート様っ、大変です！」

「……何かな？」

「で、でででで殿下がっ、王弟レオナルド殿下が砦にいらっしゃいました！」

「おかしいな。王都から彼が来るという連絡は受けていないいんだけど」

ナゼルバートの勘は当たったたようだ。

王都から来る厄介ごとの類いは、なるべく事前に拒否するようにしている。

だから、今回は撥(は)ねつけられないよう、敢(あ)えてレオナルドが連絡をしなかったという線も考えられた。

（学習したね？）

なんにせよ、来てしまったものはどうしようもない。

レオナルド本人に理由を聞くのが一番だ。

「わかった。私は殿下の元へ向かおう……アニエスは」

「私はもう少し、ここでお話を聞いています」

てっきり一緒に砦へ向かうつもりかと思ったが、アニエスには別の考えがあるらしい。

「心配だな」

ナゼルバートは渋りつつ、護衛のトッレを呼ぶ。

このまま強制的に屋敷へ帰したいが、強引な行動により、アニエスに狭量な男だと思われたくない。だから、結局ナゼルバートはまた折れる。

「アニエス、遅くならないようにね」

「はい、暗くならないうちに帰ります」

「トッレ、妻をよろしく」

「了解であります、ナゼルバート様！」

アニエスのことは心配だがトッレもいるし、見張りも多い拘置所で滅多なことは起こらないだろう。

ナゼルバートはひとまず砦へ戻ることにする。

（この忙しいときに、なんの用だろう）

王弟であるレオナルドをあまり待たせてはいけない。気持ちとしては、そのまま放置しておきたいが。

砦に戻ると、賓客用の応接室でレオナルドがヘンリーにもてなされながらナゼルバートを待っていた。

連絡なしでいきなり来たことを気にしているのだろうか、レオナルドは若干居心地が悪そうだ。わかっているなら、やらなければいいのに。

「ああ、ナゼルバート！」

こちらに気づいたレオナルドは立ち上がり、全力の作り笑顔でナゼルバートを出迎えた。

（なんだ、この歓迎ぶりは）

来る前に感じていた、厄介ごとの予感が強まる。

「殿下、ご用件はロビンやマイザーンの者の引き渡しでしょうか」

そうであってくれたらいいと希望を抱きながら、ナゼルバートは質問した。

こちらはロビンたちを引き渡すだけで、あとは国で解決してくれるというなら、自分の負担が減って助かる。

だが、レオナルドは子犬のような目でナゼルバートを見つめて訴えた。

「助けてくれ。僕一人では手に余る事態が起きた」

「……」

沈黙が落ちる。

ナゼルバートの悪い予感は、的中してしまった。

思い詰めた顔のレオナルドは、重々しく口を開く。

「兄上に命令されたんだ。王都を離れられない自分の名代として、マイザーンと交渉してこいと……」

ロビンを捕らえたことは、すでに騎獣速達便で国王ベルトランに伝えてある。

連絡を受けてすぐ、レオナルドに兄から指令が下されたのだろう。

「初めての外交ですか。いい経験が積めますね」

頼りなさそうに見えても、レオナルドは王弟であり、ナゼルバートが昔、教師として諸々を教えてきた生徒だ。出来が悪いわけではない。

だが、過去に散々面倒ごとから逃げ回っていたこともあり、経験不足は否めなかった。

本人にもその自覚があり、自信を持てずにいるのだろう。

(それなら、尚のこと新しい経験を積むべきだ)

ナゼルバートはたたみかけた。

「殿下なら大丈夫です。きちんと交渉の席に着けるはず……こちらにマイザーンの者を捕らえています。とりあえず、彼の引き渡しも含めて向こうと交渉してみてください」

だが、レオナルドは不安な顔のままで、縋るような目を向けてくる。

「うう、ナゼルバート。頼む、一緒に来てくれ」

「スートレナの一領主でしかない私が行っても、場違いなのでは？」

「ナゼルバートは、マイザーンの密偵を捕まえた功労者だ。それにロビンとは浅からぬ関係だろう。事情を深く知る人物として会議に参加するべきだ」

もっともらしいことを言っているが、要は一人で交渉の場に着きたくないだけだろう。

「レオナルド殿下、あなたはもう私の生徒ではないのです、王弟としてきちんと外交しなければいけませんよ」

元教師として伝えたものの、レオナルドは尚も冴えない表情のままだ。

「頼む、ナゼルバート。今回だけでいいんだ。ついてきてくれ」

意外に食い下がってくる。

「それに、交渉場所にはスートレナを指定したいんだ。ここなら、国土の端だしマイザーンに一番近いだろう？　一番近いのはペッペル島か、その隣の島だが……流刑地とかだし交渉の場には相応しくない。ロビンを脱走させるような命令を下す他国の者を、国の中心に近づけたくない気持ちをわかってくれ」

さらっと、追加で面倒ごとも増やしてきた。

たしかに、スートレナは国の南端にあるため、そして一般の領地とは深い森で隔絶された地であるため、マイザーンの人間を受け入れるにはいい場所なのかもしれない。最近はナゼルバートたちの頑張りで徐々に発展してきているし……。

（立地的に一番適してはいるだろうけれど……俺を引っ張り出すためにストレナを交渉場所にしようだなんて、こういうところだけは学習しているみたいだな）

レオナルドが用いているのは、過去にナゼルバートが教えたやり口の一つだ。

（教えるんじゃなかった）

正直、マイザーンとの交渉は王都でやってほしい。

（この際、もうペッペル島でもいいよ。俺の管轄外であれば）

嵐やら魔獣暴走やら人手不足やらロビン捕獲やらで、本当にもうストレナは手一杯なのだ。

ナゼルバートはレオナルドの背後に立つ彼の部下に視線を移す。

「あなたの部下たちはどうなのです？　私がいなくても、交渉の席に着ける者はいるでしょう？」

「ナゼルバートのほうが慣れているじゃないか。姉上の婚約者時代にいろいろやっていたから全ての事情がわかっているし、交渉場所もストレナだし、外交回数も……」

「殿下、閉め出していいですか？」

「待て待て待て！　無論、タダでとは言わない！　ストレナには相応の便宜を図るとも！」

「例えば？」

ナゼルバートは抑揚のない声で続きを促す。

「ストレナへの資金援助！　鑑定係の神官を増やす！　時間はかかるが王都からの街道を通す！」

「なるほど」

レオナルドもいろいろ考えてきたらしい。

スートレナに大盤振る舞いしてくれる提案は魅力的だ。

資金はあって困ることはないし、神官もエミリオ一人ではこの先心許（こころもと）ない。

まだ誰もが騎獣に乗れるわけではないので、主要な領地への街道もあったほうが助かる。

地理的にも、スートレナ周辺は孤立している。

（雇用はスートレナで回すのだから、資金やノウハウが得られるならアリか？）

面倒ごとは引き受けないつもりだったが、ナゼルバートの心が揺らいだ。

さすが元教え子だけあって、レオナルドはナゼルバートの扱いをよくわかっている。

しばらく考え、ナゼルバートは重い口を開いた。

「今言ったことを全て実行してくれるのなら引き受けます。期間限定で私が自由に動かせる人員の派遣もお願いします。災害時に活躍できそうな屈強な騎士でいいです。あ、誓約書もお願いしますね」

その答えをある程度予測していたのか、レオナルドはわかりやすく立ち上がって喜んだ。

「さすが、ナゼルバート。なんかいろいろ付け足されたが、承諾してくれると信じていた！　では、その方向で進めさせてもらう」

レオナルドは部下を引き連れてスートレナへ来ている。

ナゼルバートは屋敷の一角にレオナルド用のエリアを作り、彼らの滞在先を用意することにした。

幸い、前の領主が巨大な屋敷を建てたため、まだまだ場所は余っている。

（殿下たちには最大限動いてもらおう。問題は、マイザーン側が交渉の席に着いてくれるかどうかだが……）

そんなことを考えつつ、ナゼルバートは交渉の日を目指し、動き始めたのだった。

※

あれから一月が経過した。

私、アニエスは周りの助けを借りながら、屋敷でつつがなく過ごしている。

最近のソーリスはめちゃくちゃ泣く。毎日泣きわめく。

ホーリーさんに聞くと、「赤ん坊とはそういうもの」と告げられたけれど、なかなか泣き止まないので困ってしまう。メイドたちは「そういう時期なんですよー」と慰めてくれるけれど。なるべく早く、泣き止む時期に突入してほしい。

「ホンギュワァァァァ――――――ッ！」

今も、子供部屋にあるベビーベッドの中で、ソーリスは手足を振り回して激しく吠えていた。ガンガンと揺りかごも蹴っている。

今は昼だが、夜も同じように泣いていた。ホーリーさんの赤ちゃんは静かなのに。

私は我が子を宥めようと話しかける。

「よしよし、ソーリス……」

「ギャァァァ――――――ッ!!」

「うわっ?」

あやそうとしたら、余計に叫ばれてしまった。ちょっとショックだ。

ソーリスがあまりにも激しく手足を振り回すため、彼にかけていた布団も吹っ飛ぶ。

「どうしましょう。何をしても駄目だわ」

オロオロする私とは対照的に、ホーリーさんはおっとりと落ち着いている。

「アニエス様。ですから、赤ん坊とはそういうものなのです～。心配なさらずとも、そのうち激しく泣くことは減ってきますよ～」

「……うう、そういうものなのね」

「はい、どんと構えていればいいのです～」

まだまだ子育てはわからないことだらけである。

ソーリスの隣のベビーベッドでは、ホーリーさんの一番下の子供がすやすやと寝息を立てていた。

この騒音の中で眠れる精神力はすごい。

「アニエス様、そろそろお出かけの時間では～？　あとは私が見ておきますので～」

「ありがとう、ホーリーさん」

バタバタと慌ただしく準備を済ませた私は、トッレを連れて拘置所へと赴いた。

スートレナに滞在中のレオナルド殿下やナゼル様たちと、マイザーンとの交渉に向けたやりとりは着々と進んでいるらしい。

あとは、マイザーンから他に何か引き出せないか……という感じである。

（ナゼル様、見かけによらず、そういう面はシビアなのよね）

とりあえず、ロビン様がきちんと捕獲されてなによりである。

（また女人禁制の修道院へ戻されてしまうのかしら？　そのほうが国内は平和になりそうね）

あまり人を悪く言いたくはないが、ロビン様は女性にとって危険すぎる。せっかく落ち着いて暮らしている各地の令嬢たちに悪い影響があってはいけない。

いろいろ考えつつ、私は建物の中へ入り、デフィのいる牢屋の前へ向かった。

「アニエス様。お話しされている間、私は後ろで待っていますね」

目的地に着くと、護衛のトッレは少し後ろに下がり、壁の前に立って周辺の見張りを始める。私はさっそく、暇そうにしているデフィに声を掛けた。

「こんにちは」

デフィは私を見て呆(あき)れた表情を浮かべ、これ見よがしにため息を吐く。

「また来たの？　領主夫人なのに物好きだな」

最初の頃は敬語で丁寧に話していた彼だが、何度か会っているうちに今のような話し方になってしまった。私相手に気を使わなくなったためだろう。

（もしくは捕まって、ヤケを起こしているだけかもしれないけど）

どんな口調でも気にならないので、話しやすいようにしてくれればいいと思う。彼の素はこちらの話し方みたいだし。

「アニエス様。この間の差し入れ美味しかったよ、里芋のフライ。うちの国にはない芋だけど。あとハスイモのスープも」

「本当？　それはよかったわ」

今では互いの国の文化について教え合う仲だ。

スートレナは国の南端に位置しているため、外国についての知識は必要になる。

私も屋敷で勉強しているが、やはり生の情報には敵わないのだ。だから、ここぞとばかりにデフィから様々なマイザーンの情報を聞き出している。

彼の抱えている機密に関わらない分野で、デフィもまあまあ気軽に答えてくれていた。

「デフィ、今日はあなたの魔法を鑑定してもらおうと思って鑑定係を呼んだわ」

「えー……。前に魔法は自己申告したよね？」

自分の情報を知られるのが嫌なのだろう、デフィは不満そうな声を上げた。でも、この鑑定は必要なものなのだ。

皆が忙しいので、鑑定係のエミリオとも収監中のデフィとも親しい、手の空いている私が喋るついでに行うことになった。

「ええ、あなたの申告では使える魔法は『解除』だったわね。囚人などにかけられる、『封印』の魔法を解ける唯一の魔法……」

「うん。あと、『解除』の魔法持ちは、『封印』が効かない体質なんだ。だけど、『解除』は人畜無害な魔法だから、物理的に牢屋に入れられたら脱出できない。こんなの魔法を持っていないのと一緒だよね」

「……なんだか、自分の魔法に不満がありそうな言い方ね」

「まあね。『解除』の魔法持ちは特殊だよ。魔法を封じられていたとしても、自分で『解除』できちゃうから。でも、それだけだ……全く役に立たない魔法なんだ。今みたいに檻に入れられたら逃げ出せない。正直、他の魔法を持っていたらよかったと、ずっと思ってる。せめて『封印』のほうだったら、護身に使えたのになぁ」

「魔法は先天的なものだから、替えが効かないわよねえ」

実のところ、自分の魔法が望んだものではないという人も多い。

特殊な「解除」などの魔法を持って生まれたら、発見された時点で将来まで決められてしまう。

デフィの話によると、デズニムだけでなく、マイザーンも同じ仕組みらしい。

(特殊な『鑑定』の魔法を持つエミリオも、ストレナへ来る前は辛そうだったわね)

私は彼が来たばかりの頃を思い出した。

平民出身のエミリオは高い能力を持つにもかかわらず、ずっと鑑定係の神官として、腐敗した教会で労働力を搾取されていたのだ。

すると、ちょうどそのエミリオが拘置所へ到着したと、職員が私に教えに来てくれる。

立て続けにエミリオも建物の中へ入ってきた。

オレンジがかった髪に鈍色の瞳、女性的な顔立ちのエミリオは、ここストレナの神官の代表で、優秀な「鑑定」の魔法の持ち主である。

もともとは王都のブラックな環境で働いていた彼だが、今は主にスートレナの西に位置する教会で、仕事をこなしつつも自由にのんびり過ごしている。

「エミリオ、来てくれてありがとう」

「すみません、馬車で来たので遅くなってしまいました」

困ったように微笑みながら頭を掻くエミリオ。

彼は騎獣に乗ると、深刻な乗り物酔いを起こしてしまうのだ。陸路の馬車移動だと、なんとか大丈夫らしい。顔色は少しよくないものの、仕事に支障を来すほどではない。

「気にしなくていいのよ。騎獣酔いは辛いでしょう？　酔い止めの薬草もあるけど、エミリオは効かない体質なのよね」

「ええ、困ったものです」

スートレナには、荒れた土地でしか育たない薬草の類いが存在する。そして、それらを摘んで乾燥させ、薬として売る「薬師」という職業があるのだ。うちのメイドにも薬師の家出身の子がいる。

ただ、体質や生活習慣によって、薬の効果の出やすさには個人差がある。

「それで、今日はどなたを鑑定すればいいのでしょう？」

「こちらにいる彼なの」

私は腕を伸ばしてデフィのほうを指し示した。

「一応、本人から自己申告で魔法を教えてもらっているけれど、念のため確認してほしくて」

「お任せください。わあ、他国の人の鑑定なんて滅多にできませんからねえ、腕が鳴ります……ふふふふ」

目を光らせるエミリオを見て、デフィは不安げな表情を浮かべた。彼はエミリオを呼んだ私に疑いの目を向ける。

「大丈夫なの、この人。危なくない？」

職業柄か、エミリオは他人の魔法に非常に興味を持っていた。

魔法オタクの彼が早口で語り出すと、なかなか話が長くなる。でも、実力はたしかだ。

「デフィ、エミリオは超一流の『鑑定』の魔法の持ち主だから大丈夫。安心して鑑定を受けてちょうだい」

私とデフィが会話している間も、エミリオは異国の魔法に思いを馳せながら「楽しみです」とひっそり微笑んでいた。

「ふふ、それではデフィさんの鑑定を行いましょう。実は現在、国によって出やすい魔法や出にくい魔法について研究をしているのです。ご協力いただけて嬉しいですよ」

「……いや、協力というか。これって強制でしょ」

デフィの指摘もなんのその。さっそく、エミリオは牢屋にいたデフィの鑑定を始めた。彼の左右の手を順にとって自身の額に当てて鑑定する。

「あなたの魔法は……」

言いかけて、エミリオはカッと目を見開いた。

「こ、これは……！　嘘でしょ!?　『絶対解除』!?　えっえっえっ、激レア!!　『解除』だけでもレアなのに!!　『絶対』がつくなんて！　また『絶対』のつく魔法の持ち主に出会えるなんて夢のようです！　あああ、アニエス様、どうしましょう!?」

私は興奮しすぎて別の世界へ旅立ってしまいそうなエミリオの袖を引き、現実に戻ってきてもらう。

「エミリオ、落ち着いて。デフィの魔法は『絶対解除』という名前なの？」

「ハッ!!　そ、そうです！　これはすごい魔法ですよ。一般的に知られているのは、『封印』の魔法をかけられた者に対する『解除』ですが、彼の魔法はそれだけに留まりません！」

「例えば？」

「僕の魔法でわかる範囲ですが、『封印』の魔法以外の解除も可能です。ロビン様のような精神系の魔法を無効化できたり、トッレさんの魔法を途中で解除して、元に戻してしまったり。アニエス様の魔法も無に帰してしまったりできます。まあ、デフィさんの魔力量は平均的ですので、複数人相手では厳しい面もありますし、彼より魔力量の多い人には破られてしまうでしょうけれど。あ、あとたぶん、鍵の解除とかもできてしまいますね……それこそ、『絶対』がつくので、本人の想像力次第で様々な解除が行えてしまうと思います」

魔法オタクのエミリオは早口で、気持ちよさそうに語る。

私は驚いてデフィを見た。

「ということは、デフィはここの牢屋の鍵も解除できちゃうってこと？　このままでは脱走し放題

だわ」

　今までデフィの魔法はただの『解除』だと思っていたし、本人も無自覚だったため牢屋へ入れていたが、『絶対解除』だとわかった今、牢屋の鍵を解除できてしまう彼を、このままにはしておけない。

「縄でぐるぐる巻きにしておけば、大丈夫だと思います。魔法でない上に鍵もないなら『解除』できないのでは？　ああでも、結び目の解除ってできちゃうんでしょうか……研究のしがいがありそうですね」

　エミリオの言葉を聞いたデフィが顔色を悪くして叫ぶ。

「逃げたりしないから！　ぐるぐる巻きは止めて！」

　そうは言っても、放置できない。

「それじゃあ、魔力量の多そうな人たちに見張りについてもらうわ。とっても武闘派の兵を集めて見張りに置きましょう」

　本人の言うとおり、デフィは面倒がって逃げない可能性が高い。もう既に、いろいろ投げやりな態度を見せているので。

（かといって今のままというわけにも……）

　万一デフィが逃げてしまったら、マイザーンとの交渉で面倒な事態になる。それは駄目だ。

「ごめんなさいね、デフィ。遅くとも一月後くらいには、あなたが祖国に戻れるよう、ナゼル様が頑張ってくださるから。あと、レオナルド殿下も」

ロビン様はともかく、デフィはデズニム国に置いていても仕方がないので、マイザーンへ返す予定になっている。

（『絶対解除』の魔法が見つかってしまったから、こちら側の決定が覆される可能性はあるけれど……）

返事の代わりに、デフィは「はあ……」と、何度目かのため息を吐いた。

「ねえ、アニエス様。俺の魔法は普通の『解除』じゃないんだね。マイザーンでは『解除』としか言われなかったのに」

「エミリオが凄腕（すごうで）だから判明したのよ。彼は高位の『鑑定』の魔法を持っているから。場数も踏んでいるし、デズニム国で一番と言っていいほどの鑑定の腕前なのよ」

鑑定の魔法は、その使い手によって精度が異なる。

私のときも『物質強化』だと思っていた魔法が、『絶対強化』だと判明した。デフィもそのパターンみたいだ。

「よかったじゃない。できることの幅が広がったわね」

今魔法を使われるのは困るが、国へ戻ったあと、自分の魔法を悲観していたデフィが少しでも生きやすくなればいい。

「幅、広がりすぎじゃない？　本当だとすれば恐ろしい魔法だよ？」

デフィはまだ実感がないようで戸惑っている。

「そんなの、魔法の持ち主の使い方次第よ。あなたの魔法は、悪い魔法をかけられて苦しんでいる人にとっては救いになるわ。そうね、それこそ聖女みたいに思われるかも」

どんなにいい魔法でも、その持ち主が悪事に使えば、悪い魔法として認識されてしまう。ロビン様がいい例だ。彼の魔法は悩みを抱えている人、精神的に追い詰められ苦しんでいる人にとっては、確実に救いになっていた。

もし人々を救う方向でのみ彼の魔法が使われていたならば、今頃ロビン様は本当に聖女に近い存在として皆から感謝されていたかもしれない。

（それを捨てたのはロビン様本人だけれど）

だからこそ思う。デフィにはロビン様とは別の道を歩んでほしいと。

「聖女は盛りすぎでしょ。前にポルピスタンに潜入した仲間から聞いたけど、文献に書かれていた聖女の力は……なんというか、もっとすごかった」

「文献……？　もしかしてマスルーノ国立学校にあったものかしら？」

マイザーンはポルピスタンの聖女について既に情報を得ていたらしい。

「そうそう。別に隠すような情報じゃないから言うけど、過去にポルピスタンにいた聖女は『癒やし』、『浄化』、『結界』の三つの魔法が使える、魔法の天才だったたって書かれていたんだって。でもさ、彼女が現れた当時は、『聖女』という言葉はなかったらしいよ。あとで彼女の功績を称（たた）えて付けられた名前なんだって。今は神聖化されすぎているけどさ」

「そう、なのね。聖女という言葉はあとでできたの……」

新たな呼び名が作られるなんて、さぞかしすごい人だったのだろう。

「で、過去に似たような功績を残した人まで、歴史を遡って皆、『聖女』と呼ばれるようになったみたい。発見されたのが、たまたま女の人ばかりだったから『聖女』になったらしいけど……男だとどうなるんだろう？」

　デフィが話していると、エミリオが身を乗り出した。

「なるほどなるほど。つまり、偉大な功績を残した女性が、後天的に聖女と呼ばれるようになっただけということですね。だとすれば、『聖女』の魔法の種類が必ずしも同一であるとは限らない。でも昔の記録が残っていないのでわからないということですね。しかし、過去にあった、『似たような功績』については、聖女の魔法がたまたま女性に発現しやすいものだったという可能性も捨てきれません……ああ、滾(たぎ)る！　今すぐ調べたい！」

　聖女に関する魔法の話が興味深かったようだ。エミリオは早口で喋りながら、一人の世界に没入してしまっている。

「ねえ、この人、ずっとブツブツ言ってるんだけど本当に大丈夫？」

「いつものことよ。そのうち戻るから、そっとしておいてあげて」

「……うわぁ」

　デフィはなんとも言えない顔になった。

「それにしても、アニエス様。あんた、お人好(ひとよ)しにもほどがあるよ。自分のところの罪人を連れ出した奴にまで優しくするなんて。その上、発見されていなかった魔法まで教えるなんて。そんな真似(まね)をして大丈夫なの？　スートレナでの立場が悪くなったりしない？」

「あら、いいのよ。私はマイザーンと敵対したいわけじゃないもの」

「マイザーンがスートレナに攻撃してきたら～とか思わない？　俺がスートレナの皆の魔法を全部解除して使えなくさせちゃったら～とか」

私は少し考えてから答えた。

「それは無理よ、スートレナはあなた一人が増えたくらいで、簡単には落とせないわ」

なんといっても、ナゼル様がいる。魔獣相手に日々戦っている屈強な職員もいる。

あと、私が皆の体をガチガチに強化するし、治癒力も強化するし、建物も剣も槍（やり）も芋も強化するし。

（ワイバーンたちや、ダンクも強いし……）

それを突破するのはかなり大変だと思う。

今は食料にも困らない上に、私とナゼル様がいれば、どんどん作物を生み出せるのも強い。まあ、争いにならないのが一番なのだが。

「それにね、マイザーンという国については思うところもあるけど……こうして喋っていると、あなた個人のことは悪い人だと思えないの」

むしろ彼は、祖国の仕事から逃げたがっているように見えた。彼の持つ投げやりさの根っこはその部分にあるのではないだろうか。

「言うねえ。そんなに強気な態度でいられるなんて、アニエス様には何か秘策でもあるの？　全部を覆せるような方法を知っているとか？」

「秘策というか、一人の魔法でできることにも限度があるでしょう。あなたが仮に皆の魔法を解除して回ったら、魔力の枯渇で倒れてしまうわ」

私は微笑むにとどめる。

「……デフィ、どちらにしても、もうすぐあなたは祖国のマイザーンへ帰れるわ。今、ナゼル様があなたを帰す交渉をしてくれてる。窮屈だと思うけれど、しばらくの間だけ見張りを置かせてちょうだい。あなたに危害は加えないから」

デフィは渋々頷いた。

「正直、俺、このまま国に見捨てられると思うけどなあ……」

「それはないんじゃないかしら？　あなた、ロビン様の誘拐を任せられるほど優秀なんでしょう？解除以外の魔法を使えなかったのに、そこまでできるなんてすごいと思うわ。『絶対解除』について知らなくても、ナゼル様だったら、絶対にあなたのような人材を欲しがると思う。もちろん、私もね」

私は窓から太陽の位置を確認する。そろそろ、屋敷へ戻ったほうがいい時間だ。

エミリオはまだデフィの話を聞きたそうにしているので、本人の気が済むまで留まってもらうことにした。デフィは若干嫌そうだが。

（さすがに、ほどほどの時間になったら、教会へ帰ってほしいけど。ソニアも向こうで心配していると思うし）

まだまだ婚約したての二人だから、なるべく邪魔したくないと思い、今日はエミリオが早く帰れるよう予定を組んだのだ。

（でも……この調子では夕方まで喋り続けていそうだわ）

私はもう行かなければならないので、この建物にいる兵士にほどほどの時間になったらエミリオに声を掛けるように伝達しておく。

「それじゃあ、私は帰るわね」

エミリオたちに挨拶し、トッレと共に建物を出ようと私は入口の扉を開いた。

すると、建物を出たところに、ちょうど今来たところらしいナゼル様が立っている。私は驚いて彼を見上げた。

「……あれ、ナゼル様？」

「やあ、アニエス。今日はエミリオの鑑定に立ち会ってくれたんだってね、ありがとう」

「いえいえ、私もナゼル様の役に立ちたいですから」

「ソーリスの世話も積極的にしているみたいだし、今度は君が過労で倒れないか心配だ」

「大丈夫！　私はとても頑丈ですので」

私の言葉を信じていないナゼル様は、憂い顔で私の腕を取る。

「こんなに、細い体なのに……」

「デズニムでは平均体型ですが。身長は平均よりちょっと高めなんですよ？」

ナゼル様の目に、私はどんな風に映っているのだろう。子供が生まれたあとも、彼は変わらず過保護である。

「それでも夫として、君が心配で仕方がないんだ」

「もう帰るところだったので、これ以上の心配はいりません」

なんとかナゼル様を安心させようと奮闘する。

「じゃあ、一緒に帰ろう！　鑑定の報告は君から直接聞くことにするよ」

「ひゃっ！」

ナゼル様は私を抱き上げ、敷地内をうろうろしていたジェニを呼び止めて上に乗った。

前に座る私を、ナゼル様はぎゅっと抱きしめる。天馬に乗ったトッレも、慣れた様子であとをついてきた。

「あまりにもアニエスが毎回毎回ここへ通うから、少し妬いてしまいそうだよ。君の気持ちは疑っていないけど、彼がアニエスに邪な思いを抱いていないとも限らない」

「私は子持ちの既婚者ですので、それはないかと……」

ナゼル様の頭の中では、どういうわけか、もれなく私が「男性たちにモテモテの美人妻」に変換されているのである。ひいき目にもほどがあった。

「アニエス、子供がいても人妻でも、アニエスが言い寄られない理由にはならないんだ」

至極真面目な表情でナゼル様が告げる。

優秀なナゼル様だが、わたしのこととなると、どこまでもずれた方向へ暴走してしまう。

「あのですね。デフィとは、そんな間柄ではないですよ。それにトッレや拘置所の職員さんや兵士の皆さんも一緒なんですから」

私はヤキモチを妬くナゼル様を安心させるため、ひとまず今日あった出来事を彼に伝えた。

「……というわけで、エミリオに鑑定してもらった結果、『解除』だと思っていたデフィの魔法が『絶対解除』だと判明したんです。本人も初めて知った様子でした。このことについては屋敷に戻ってから、きちんと伝えようと思っていたのですが」

「そんなことがあったの」

「はい、デフィはずっと自分の魔法の種類で悩んでいたみたいで、態度からもわかるようにマイザーンでの暮らしに満足していないようでした。あ、あと関係ないですが、ポルピスタンの聖女の文献について教えてもらいましたよ。こちらも戻ってから言おうと……」

「そんな話までするようになったの。アニエスのおかげで、マイザーンの密偵と良好な関係が築けそうなのは感謝してる。心配なのは心配だけれどね」

マイザーンとの交渉やデフィの処遇について、ナゼル様が具体的にどこまで考えているのかはわからない。私の行動が僅かでも彼の助けになっているならよかった。

「お役に立てたなら嬉しいです」

それは、私が望んでいたことだった。ナゼル様は私を抱きしめながら話を続ける。

「マイザーンとの交渉だけれど、会議を開く日程が一月後に決まったよ」

「まあ、そうなのですね。場所がスートレナなので、私も参加できますね」

「ロビンも出るから、あまりアニエスを前に出したくないけど……」

会場であるスートレナの領主夫人なので、私が不在というわけにはいかない。

「一ヶ月後なら、ソーリスもさらに大きくなっていそうです。最近は首も据わってきたし、おもちゃも振り回していますものね」

ソーリスはおもちゃを振り回したり、ぶん投げたりと、なかなかワイルドな遊びをするのだ。元気に育ってくれていて、なによりである。

「赤ん坊の成長って早いよね。俺も毎日会いに行くけれど、ソーリスは人をちゃんと認識しているように見えた。俺を覚えてくれているような……」

「きっとそうですよ。ホーリーさんやメイドさん曰く、ソーリスは成長が早めらしいです。このあたりは個人差でしょうね」

「なんにせよ、ソーリスが元気ならそれでいいね。ああ、会いたくなってきた」

ナゼル様は子煩悩で、そういうところも素敵である。

「帰ったら、一緒に様子を見に行きましょう」

「そうしよう。この時間は寝ているかもしれないけど」

話しているうちに私たちは屋敷の上空へ戻ってきた。野菜がたくさん植わった畑が小さく見える。中心街から屋敷までは空路ですぐなのだ。

運んでくれたジェニをねぎらったあと、私とナゼル様は一緒にソーリスのもとへ向かった。

4 嵐のスートレナ

その日は昼間から屋敷の皆が大慌てで、建物の補強や庭の安全確認に勤しんでいた。

明日、スートレナに大きな嵐が来るからだ。

毎年季節の変わり目に、スートレナの天候は荒れる。

だが、今年はその規模が少々……いやかなり大きくなりそうだった。砦にいる「天気予報」の魔法を持つ職員が言っているので間違いない。

街の人々には既に、嵐のことを告げて各自対策をしてもらっている。

（そして、魔獣が暴走する新月の日でもあるのよね。まさか同じ日に二つの災害がぶつかるなんて……）

過去に魔獣に備えたときと同じように屋敷や砦、街にある頑丈な建物などを誰でも使える避難所として開放した。住んでいる地域により、最寄りの避難所を使用できる形式にしたのだ。これで、嵐や魔獣の被害を減らせるはずだ。

（スートレナは余所と比べると人口が少なめだから、それでなんとかなっちゃうのよね）

既に我が家にもぱらぱらと人々が出入りし、避難用の荷物を運び込んだりしている。

ここの屋敷は私が「強く」しているので、たぶん安全だ。

レオナルド殿下にも、屋敷に留まってもらっている。

外にいるジェニやダンクの小屋もガチガチに魔法で固めた上に、街の主要な建物にも魔法をかけ、この屋敷が遠い人はそちらに避難してもらうことになっている。

「アニエス……騎獣たちの小屋は過剰防衛じゃないかな？」

「いいえ、そんなことはありません。まだまだ魔法をかけたいくらいです」

私とナゼル様は、せかせかと廊下を歩きながら建物の安全性について話をしていた。

今は、二人揃って屋敷で人々の対応に追われている最中なのだ。

（ただでさえ忙しい時期に嵐で追い打ちだなんて……大変だわ）

今は二人揃って、メイドたちに指示を出しているところである。

廊下の窓から空を見上げた私は、真っ暗な雲に不安をかき立てられた。

「だんだん空が暗くなってきました」

ナゼル様は緊張する私を守るように、後ろから腕を回して抱きしめる。一人ではない心強さを感じた。

「砦の職員が言ったとおり、たしかに今回の嵐は大きいよね。俺やアニエスにとっては、初めてのことだ」

「はい。一応魔法はかけましたけど……大丈夫でしょうか」

「俺はアニエスの魔法なら、必ず皆を守ってくれると信じてるよ。実際、今までだって君は、そうしてきたんだし」

ナゼル様は私の手を取り、信頼の視線を向けた。

そんな風に見つめられると……責任の重大さで身が縮み上がりそうになる。

「屋敷の周りの空気も強くしておきます?」

「空気?」

「ええと、気持ちの問題です……空気が強くなって雷なんかを防いでくれればいいのにって……」

私の魔法は未知数だが、さすがに空気までは強くできない。でも、空気が強ければ嵐も防げるなんて、おとぎ話のようなことが起これば素敵だ。

それに、実質的な効果はなくても、精神的にいくらか楽になる気がする。

今の私には、心の余裕が必要だった。

「アニエスの気が晴れるならいいんじゃないかな。でも魔力切れには気をつけてね。君が倒れたら、俺はどうにかなってしまうから」

「はい……」

ナゼル様がどうにかなったら大変だ。スートレナの危機である。

やはり、私の責任は重大だった。

「とりあえず、強くなーれっ!」

裏口から外に出た私は何もない庭に向かって、力一杯叫んだ。すると……。

すぐ近くで信じられないことが起こった。屋敷全体を囲むように、魔力を帯びた固く薄い空気の膜がズズズッと円状に伸びている。

「なんですか、これ……?　ガラスみたい……」

私は戸惑いがちに、庭を覆っていく巨大な膜を見上げる。

「アニエス、君がやったんじゃないの？　魔法で、空気が強くなったんじゃ……」

「えっ。そんなことってあります？　ただの気休めでやっただけなのに」

二人で屋敷の端まで歩き、もう一度、固くなった空気の膜を確認してみる。それはたしかに、存在していた。

「まるで、屋敷を囲む結界のようだね。たしかにこれは『強い』と思うよ。石をぶつけてみても割れないし」

「……」

私たちの間に沈黙が落ちた。

またしても、『絶対強化』が聖女の魔法なのでは……という疑惑が強まる。

デフィから「聖女」という存在として認められたのは、功績の大きさや魔法の種類による後付けだと聞いた今は特に……。

「大丈夫だよアニエス。近くでなければ誰も空気の膜には気づかない。この距離でもよく見ないとわからないくらいだし、嵐の間だけ出しておいたらいいんじゃないかな。窓は俺の魔法で覆うし、どうせ皆も外には出ないからわからないよ」

「そうします」

透明なので、近くに寄ったり触ったりしなければわからない……はずだ。

ナゼル様は魔法を使って窓を植物で覆っていく。強くなった空気を誤魔化すというほかに、暴風で飛んできたものが当たり、窓が割れないようにするという効果もあるのだ。

私はナゼル様の出した、その植物を強化する。ちなみに、窓自体も既に強化済みだ。ガチガチの鋼鉄より固い窓になっている。

我が家は今、要塞のようだ。

（きっと大丈夫。ナゼル様の魔法に私の魔法を足したから、きっと嵐だって乗り越えられるわ）

ケリーやメイドたちも忙しそうに、屋敷の中を駆け回っている。

こうして、なんとか暗くなる前に全ての準備を終えることができた。

ほっとした私たちは、一緒にソーリスの部屋に向かう。彼はホーリーさんやメイドたちに見守られながら、すやすやと眠っていた。ホーリーさんの一番下の子も、すやすや眠っている。

「ホーリーさん、ありがとう。今日はもう戻って大丈夫だから、どうか自分の子供たちを見てあげて」

ヘンリーさん一家も愛犬連れで屋敷に避難してきている。

我が家は無駄に部屋数が多いため、愛犬連れの人専用ルームや愛猫連れの人専用ルーム、魔獣連れの人専用ルームなどがあるのだ。

ただ、ヘンリーさんはナゼル様の補佐をする役目もあるので、いざというときにすぐ動けるよう、家族単位で個室に案内している。もう既に、ヘンリーさんは避難所内で指示を出したりと忙しそうにしていた……彼も今夜は休めなそうだ。

ホーリーさんはおっとりと微笑み、私たちに話しかけた。

「ナゼルバート様やアニエス様は、まだお仕事がありますでしょう？　ソーリス様は私が子供たちと一緒に面倒を見ますわ〜」

申し訳ないが、ありがたい。ナゼル様と交互にソーリスをおんぶしながら仕事をする予定だったので……。

「ありがとう、ホーリーさん」

「いえいえ〜、うちの子たちは頼りになりますから〜」

眠っているソーリスを抱っこし、ホーリーさんは「うふふ」とおっとり微笑む。

メイドがホーリーさんの子を抱っこし、彼女たちは一緒に部屋を出て行った。

私はナゼル様と一緒に、再び屋敷内の見回りをすることになった。今のところ大きな問題は起きておらず、この先も起こらないことを祈るばかりだ。

だが、全体の見回りを終えかけたところで事件は起こった。

先ほどホーリーさんと一緒に赤ん坊たちを連れていったメイドが、大慌てで走ってきたのだ。

「ナゼルバート様、アニエス様、大変ですっ！　ソーリス様が……」

息を切らせるメイドに落ち着くように告げ、私たちは話の続きを聞く。嫌な予感がした。

「ソーリス様が、怪しい男に連れ去られました。それを庇（かば）ったホーリー様も一緒に連れて行かれてしまって……」

「なんですって!?」

私は仰天して声を上げた。

「それで、犯人の行き先は？」

続けて、ナゼル様がメイドに詳細を聞く。

「それが、二人を連れて勝手口から走って出て行ってしまいました」

「この嵐の中を……？」

「はい、止められず申し訳ありません。私も怪しげな魔法にかかってしまって、気づけば二人とも連れ出されてしまったのです」

「怪しげな魔法……？　その男の特徴は？　まさかとは思うけど……」

「垂れ目の若い男です。淡い桃色の髪をしていて軽薄な印象で、自分のことを『俺ちゃん』と言っていました」

私の知る限り、そんな男性は一人しかいない。

ナゼル様の表情が一気に険しくなった。

「ロビンか！」

「状況を詳しく聞いても……？」

「は、はい」

女性はおずおずと返事をする。

そして、ロビン様との遭遇について、知る限りのことをナゼル様に伝えた。

聞けば、ホーリーさんはロビン様に必死に抵抗し、ソーリスを守ろうとしてくれていたらしい。

だが、メイドと同じく魔法にかけられてしまったそうだ。

それでも虚(うつ)ろな意識の中で「せめて同行を」と願い出て、子供の世話係として連れて行かれたという。

「教えてくれてありがとう、怖かったでしょう？　せめて、あなたが無事でよかった」

私は罪悪感で震えるメイドを宥(なだ)める。ナゼル様も頷(うなず)いた。

「今回の誘拐事件は君のせいじゃない、気に病まないように。捜索はこちらで行うから、ビルケット家の子供たちを頼む。母親がいなくて、不安だろうから」

「かしこまりました！」

メイドは使命感に燃えた瞳で、いそいそとホーリーさんの子供たちがいる場所に向かう。

こういうときは、何か役目があったほうがいい。

「ソーリスとホーリーさんが、無事だといいけど」

ロビン様に赤ん坊の世話はできそうにない。下手をすると、意図せずソーリスの生命に危険が及ぶ可能性がある。

その点、ホーリーさんがいれば安心だ。

しかし、彼女はかなりの美人である。性格もおっとりしていて優しい。

いくらホーリーさんが既婚者とはいえ、ロビン様がそんな素敵な女性を放っておくとは思えない。

（心配だわ）

ナゼル様も同じことを思ったようで、険しい表情を浮かべている。

「ヘンリーにも連絡し、すぐ捜索隊を編制してあとを追おう」

「わ、私も行きます！」

こんな状況で、屋敷でじっとしているなんてできない。それに、私の魔法なら皆を安全に現地まで運ぶことができる。

（体を強くする魔法はもちろんのことながら、空気を強くする魔法を使えば、雨も雷も防げる……はず）

雷は怖いが、ソーリスたちの身には代えられない。

（そうよ、怯えてなんていられないわ。大事な我が子の命がかかっているのだもの）

気持ちを奮い立たせ、私は前を向いた。

「アニエス、危ないから君は駄目だ。ロビンだって、また君を狙ってくるかもしれない。奴の魔法は厄介だから、かかればひとたまりもないよ？　俺は僅かであっても、君に危害が及ぶのは嫌なんだ」

ロビン様の魔法の怖さは、身をもって知っている。でも、危ないのは私だけではない。

救助に向かう全員が同じリスクを負っている。彼に攫われた人たちに至っては、尚更危険だ。

「ソーリスとホーリーさんを助けたいんです。お願いします！　私はナゼル様たちの役に立てます」

ナゼル様の服の裾を摑み、私は抵抗の意思を見せる。

彼が連れて行ってくれないなら、勝手について行く覚悟だ。

「……アニエス？」

「ナゼル様」

「……はぁ」

ナゼル様は渋い顔になった。

「反対したら、どうせ勝手に動き出すんでしょう？　君には安全に嵐をやり過ごすことのできる魔法があるから」

「う……」

こちらの考えはお見通しだったようで、彼はじっとこちらを見つめてため息を吐く。

「意志が強いのは君のいいところだけど、こういうときは困るな。勝手に動かれるよりは、連れて行ったほうがいいか」

同行のお許しが出そうな雰囲気になり、私は心の中で喜ぶ。あともう一押しだ。

「ありがとうございます、ナゼル様大好き！」

私は勢いよくナゼル様に抱きついた。

効果はあったようで、ナゼル様は盛大な困り顔になっている。

「はぁ……俺を好きに動かせるのは、世界で君だけだよアニエス」

「それって」

「俺と離れないなら、ついてきていい」

「やった……！」

作戦は成功したようだ。

ナゼル様はぎゅうぎゅう私を抱きしめながら、通りかかった部下にテキパキとロビン様を追うための指示を出し始める。

屋敷にいる武闘派の兵士たちを総動員して、大がかりなソーリスたちの捜索が行われることとなった。

まずは屋敷の内外で、ロビン様の情報を集めていく。

外で聞き取りをしていくと、砦に避難していた人たちから、ロビン様らしき怪しげな男の目撃情報が出始めた。

「嵐の中、広場を馬で走って行く男がいました。ほんの少し前のことです」

「私も見ました。馬には女性も乗っていて……あっちのほうへ去って行きました」

「雨音に交じって、赤ん坊の泣き声がしました」

それによると、ロビン様とおぼしき男が最後に目撃されたのは中心街の近くのようだ。

酷(ひど)い嵐なので、屋敷を出てからさほど移動できていないと思われる。赤ん坊や女性を連れた状態では尚更だろう。

(嵐で、却(かえ)って助かったのかも)

私たちは目撃情報を頼りに、中心街を捜索することとなった。

※

嵐の只中にある、スートレナの夜空は暗い。

横殴りの大雨の中、私とナゼル様は騎獣のジェニに乗って空を移動する。今は私を抱えるようにして後ろに乗ったナゼル様が手綱を握っていた。

ワイバーンや天馬は、魔獣が暴走しがちな新月の日でも影響を受けにくい種類なのだ。

ナゼル様は両横と上に、ジェニを包み込むように植物の壁を出し、私たちに雨が当たりにくくしてくれている。

私の空気を強くする魔法だと雨まで弾いてしまうため、残念ながら、結局緊急時だけの使用となった。

スートレナの兵士たちも、天馬に乗ってそれぞれが空を駆けている。統率された彼らの動きは圧巻だ。ナゼル様が来てから、スートレナの兵士の質が確実に上がっている。

ヘンリーさんもトッレと同じ天馬に乗ってホーリーさんの行方を追っていた。彼の顔はいつも以上に青白い。

移動する全員の体にこっそり強化の魔法をかけておいた。

（滅多なことでは誰も怪我をしないと思うけど）

ロビン様の魔法までは防げない。私の魔法は物理面に作用するものなのだ。

「それにしても、酷い天気ですね」

ジェニの手綱を握りながら、私は後ろに座るナゼル様に話しかけた。

「そうだね。アニエス大丈夫？　冷えない？」

「少し寒いですけど、ジェニの障壁もありますし大丈夫です」

騎獣は空を飛ぶ際、自身の前に障壁を出して風の抵抗を打ち消す。雨を完全に防ぐのは難しいが、障壁のおかげでいくらかマシな飛行ができていた。

だが、ナゼル様に私の言葉は通じない。

「それは大変だ！　風邪をひいてしまう！」

ナゼル様は大慌てで、自分の外套ですっぽりと私を包み込む。私はナゼル様と一緒に、彼の外套の中へ収まった。暖かい……。

「もうすぐ着くからね」

ナゼル様が優しく私を励ます。温かな気持ちになったのもつかの間、近くでゴロゴロと雷の音が轟いた。

「きゃっ」

幼い頃のトラウマもあって、私は雷は苦手だ。

昔、雨の日に実家の物置に閉じ込められて、怖い思いをした経験が未だに尾を引いている。

ナゼル様もそのことは知っているので、私を守るように抱きしめてくれた。

「大丈夫だよ。ジェニも障壁を出しているし、俺も魔法で君を守るから」

私はジェニの手綱を握るナゼル様の手を両手できゅっと握った。

「はい、私はソーリスの母親なので大丈夫です。こんなことで怖がっていられません」

「アニエスの行動はいちいち可愛いね。こんな場所じゃなければ、構い倒せるのに……」

耳元で囁く美声に、こんなときだというのにドキッとしてしまう。

「ナゼル様、前、前を見てジェニを操縦してください」

ちょっと飛び方が蛇行気味のジェニは障壁のおかげで嵐も平気で、ぐんぐん先へ進んでいく。

住民たちの避難は無事に済んでいるようで、大雨の降る街へ出ている人はいない。魔獣による被害も今のところなさそうだ。

ひとまずほっとする。

そんな中で、一軒だけ不自然に明かりのついている大きめの民家があった。

「おかしいな、この地区は浸水する恐れがあるから、住民は全員屋敷に避難しているはずだけど……行ってみよう」

「はい！」

逃げ遅れた人がいるなら屋敷へ連れて行かなければならないし、ロビン様だったら捕まえなければならない。

私とナゼル様、一緒に飛んでいたトッレとヘンリーさんが、その民家に向かって下降した。

「万一に備えて、アニエスとヘンリーは俺の後ろに」

「は、はい、了解です」

明かりを持ったトッレとナゼル様を先頭に、私たちは民家の入口に向かって進む。ぬかるんだ道の泥が靴底に絡みつく。

「こんばんは！　たのもー！」

ドンドンドンと、トッレが何度か扉をノックしたが返事はない。

「おかしいな。誰かいないのかー？」

声を掛けても、やはり反応がなかった。

（ただ、人の気配のようなものは感じられるのよね）

中には確実に誰かいる。

続いてトッレはドアノブを回し始めた。

「少し早いけど、就寝中でしょうか……あ、鍵は開いているようです」

「非常時だ。入らせてもらおう」

トッレが扉を開くと、中から大きな赤ん坊の泣き声がした。

私はハッとして薄暗い民家の奥を見る。

（ソーリス？）

我が子であってもそうでなくても、どのみちこの家から助け出さなければならない。ここは浸水する恐れのある危険な場所なのだ。魔獣の被害だって起こるかもしれない。

手前の部屋には誰もいないが、別の部屋の扉から明かりが漏れている。

（あそこだわ！）

いても立ってもいられず、私は家の中をずんずん奥へと進む。

「アニエス？」

慌ててナゼル様が私の先に立ち、続く部屋の扉を開けた。

すると……。

明かりの灯(とも)った部屋に、長椅子の上で泣き叫ぶ赤ん坊と、その傍らで拘束されたホーリーさん、そして同じく拘束されたデフィが座っていた。

大人は手に古びた枷(かせ)を嵌(は)められている。あの古い枷は、拘置所にあったものと同じだ。

(ボロボロなので、処分しようという話になっていたはず)

それにしても、衝撃的な光景だ。

(でも、まずは皆が見つかってよかったわ)

全員大きな怪我もないようだ。

けれど……どうして、拘置所にいるはずのデフィまでここにいるのだろう?

(というか、彼も拘束されているけど、『絶対解除』で枷の鍵を外すこともできるわよね?)

訳がわからず驚いていると、デフィが意味ありげに私を見る。彼も拘束されているし、ソーリスを攫った関係者ではなさそうだが。

(どういうこと?　何か考えがあるの?)

戸惑っていると、間近で人の気配がした。

私が慌てて後ろに下がるのと、ナゼル様が魔法を放つのは同時だった。

「……っと」

魔法を放たれた相手は咄嗟(とっさ)にそれを避(よ)けて後ろに下がる。

そうしてソーリスが寝転んでいる長椅子の横に立った。

ソーリスはさらに激しく泣きわめき始める。赤ん坊でも、目の前の人物が危険だとわかるのかもしれない。

「ありゃ、もうバレちゃったか。ほんと嫌味な奴だな、ナゼルバート」

声の主は予想どおり、拘置所を脱走したロビン様だった。

薄桃色の髪をかき上げ、ひょうひょうとした態度でこちらを眺めている。多勢に無勢でも、特に気にならないようだ。

「ロビン、どうやって拘置所を出た？　魔法は封じていたはずだ」

ナゼル様の声が普段よりも一段低い。私と同じで、我が子を危険な目に遭わされ怒っているのだ。

「そんなの簡単じゃん。嵐で拘置所の人員が減った隙に、見張りの男から鍵を奪い取ったんだ。荒れた花街育ちの俺ちゃん、手癖には自信があるんだよね〜。魔法は、別棟に捕まっていたデフィを脅して解かせた。デフィがいい子ちゃんにしていたおかげか、見張りも一人だけで手薄だったし？　まあこいつが抵抗したのは意外だったけど、見張りを人質にして脅したら、あっさり『解除』してくれたよ。俺ちゃん、センプリ修道院で揉まれて強くなったからね。隙を突けば屈強な相手にだって勝てちゃうのさ〜」

悪気もなく、つらつらと喋り続けるロビン様。

「それで、どうしてデフィまでここに？」

ナゼル様は拘束されたデフィを観察しながらロビン様に問いただす。

「俺ちゃんがデズニム国を脱出するのに必要だからさ。こいつが言うことを聞かないから、拘束する羽目になったけど。また誰かを人質にすれば言うことを聞くっしょ。例えば、そこの美人さんとか」

そう言って、ロビン様はホーリーさんのほうをちらりと見た。

「赤ん坊の乳母らしいけど……美人で若い乳母ってのもそそるよね」

「……」

相も変わらず彼の思考は最低である。

（心配していたけど、やっぱりホーリーさんに目をつけていたのね）

後ろにいるヘンリーさんからも、冷ややかなオーラが立ち上っていた。愛妻家の彼は、はらわたが煮えくり返る思いをしているだろう。

私は動揺する心を落ち着けながら、全員を順番に観察していく。

（……ロビン様はデフィの「絶対解除」については知らないようね。知っていれば、拘束を無効にしてしまえる彼を、放置してはいないだろうから。こちらが有利な部分があるとすれば、そこだわ）

なんとかしてロビン様を捕らえるか、それが難しくても時間を稼げば、そのうち残りの捜索隊の皆さんが駆けつけてくれると思う。

（大人数で詰め寄れば、ロビン様だって逃げ出せないはず）

ソーリスのすぐ隣に立った彼は、勝ち誇ったような挑戦的な目でナゼル様を見た。

「まあいいや。ナゼルバート、息子が人質に取られていたら動けないだろう？」

楽しげに笑う彼は、懐から取り出したナイフの先端をソーリスへ向けた。

「息子の命が惜しければ、俺ちゃんに従えよ」

ニヤニヤと笑うロビン様は、ナゼル様が逆らえないと確信している様子だ。

大事な息子に刃物を向けられ、ナゼル様と私に衝撃が走る。

（なんて最低な人なの！）

どうしてそんな酷いことができるのだろうか。

「や、止めてくださいー、その子が何をしたというのです？」

拘束されたままのホーリーさんも、青い顔になってロビン様に訴えている。

「何をしたかなんて関係ないね。重要なのはナゼルバートの子だということだ」

ナゼル様はさらに険しい顔になった。

「ロビン……お前一人で、ここから無事に出られると思うか？　他の兵士たちもすぐ駆けつけ、逃げられなくなるのはわかっているだろう」

だが、ロビン様は一切動じない。

「んー？　それはナゼルバート次第って感じ？　お前が我が子を見殺しにして襲ってくるなら、俺ちゃんはここで捕まっちゃうけど～。まさか、そんな真似はできないよな？」

そのとおりだった。

迷った末、ナゼル様はロビンに問いかける。

「ソーリスを助けるために、私は何をすればいい？」

「お、やっと俺ちゃんの言うことを聞く気になった？」

ロビン様は自分の要求が通ったと判断し、目を光らせる。

「そうだな。ナゼルバート、お前はそこを動くな。何をされても一切の抵抗を禁止する！　たとえ刃物で刺されてもな」

……たぶん、ナゼル様に刃物は効かない。私が魔法で彼の体を強くしてしまったからだ。

（毒だって、もう効かないから、ロビン様はナゼル様に危害を加えられないんじゃないかしら）

ついでに言うと、私はソーリスの体も強化してしまっている。彼は今、刃物も通じない強い赤ん坊なのだ。それでも、心配なものは心配なのだけれど。

ナゼル様も同じ考えのようで、我が身より息子の安全を優先すると決めたようだった。

静かに、ロビン様のほうを見つめている。

「ロビン、わかったからソーリスから刃物を離せ。私は一切抵抗しない」

「嫌だね。安心できないから、赤ん坊を解放するのはお前に魔法をかけてからだ」

勝ち誇った顔のロビン様はナゼル様に近づき、精神に作用する魔法を放とうとする。

いくらナゼル様でも、ロビン様の魔法をまともにかけられたら、放心状態になってしまうだろう。

その隙にロビン様は彼を刃物で刺す気なのだろうか。

（ナゼル様を傷つけるだけではなく、恥をかかせるつもりかもしれないわ）

心が無防備な状態で質問されると、私が魔法をかけられたときのように、誘導されて本心を話してしまうこともある。きっとそれはナゼル様の本意ではない。

（ど、どうすれば……？）

ロビン様の精神に作用する魔法と、私の物理的に強くなる魔法は相性が悪い。

「くらえ、ナゼルバート！　恥ずかしい姿をさらしてから、俺ちゃんの手にかかれ！」

勝利を確信するロビン様が魔法をかけようと手をかざす。

だがしかし、何も起こらなかった。あたりには、ソーリスの大きな泣き声だけが響いている。

「……」

ナゼル様はケロッとした顔で、動揺し始めるロビン様を眺めていた。ロビン様のほうは、見るからに焦っている。

「なっ？　魔法が効いていない？　ナゼルバートっ？」

何度も魔法をかけ直そうとしては失敗し、ロビン様はわかりやすく混乱してしまった。

（えっ、ロビン様の魔法が失敗した？）

センプリ修道院を出てから、ロビン様は魔法の力を迷いなく使っており、失敗しているところは見たことがない。

（なのにこの場で魔法が効いていないとなると……）

不思議に思い、私は視線を巡らせた。

すると、拘束されているデフィと目が合う。彼は小さく頷いて見せた。

（あっ……！　そういうこと？）

デフィが『絶対解除』の魔法を使って、ロビン様の魔法を無効化し、ナゼル様を助けてくれたのだ。彼自身もこのように自分の魔法を使うのは初めてだったようで、とても緊張していた様子が窺える。

ナゼル様は毅然とした態度でロビン様を問いただした。

「ロビン、お前の要求はそれだけか？」

「くっ、なんなんだよお前……なんで放心しないんだよ。おかしいだろ！」

「諦めろ。周りが見えていなかった……いや、見ようともしなかったお前の負けだ。お前は選択を誤ったんだ」

発言から察するに、ナゼル様はデフィの魔法に気が付いているようだった。

「なっ、なっ⁉ ナゼルバートのくせに生意気だっつーの！」

焦るロビン様は周りが見えていない。

その隙を突いて、私は「今だ！」と、泣きわめくソーリスに向かって駆けだした。

「ソーリス！」

私は彼が寝かされている長椅子にダイブすると、刃物を向けられていた我が子を抱き上げる。

「あっ、人質が……！」

そうして、近くにいたホーリーさんと一緒に、焦るロビン様の脇をすり抜け、トッレのいる場所に駆け戻った。抵抗の意思がないと見なされたのか、魔法を使えばなんとかなると思ったのか、ホーリーさんは足枷を着けられていなかった。そのため、立って逃げることができたのだ。

「よしよし、怖かったわね。もう大丈夫よ」

私はぎゅっとソーリスを抱きしめた。

実は私も震えるほど怖かった。

でも、この子を失うほうが何千倍も怖い。

「トッレ、今のうちにホーリーさんの枷を外してあげて。ロビン様は今、デフィのおかげで魔法が使えないはずなの……だから、ナゼル様は精神に関与する魔法をかけられずに済んでいるわ。きっと大丈夫」

「は、はい！　ぬんっ！」

トッレは手早く、拘束されているホーリーさんの枷を腕力でバキバキ破壊した。

自由になったホーリーさんをヘンリーさんが抱きしめる。

「ホーリー、怪我はないですか？」

「ええ、あなた。私もソーリス様も無傷よ」

ソーリスとホーリーさんが解放されたことで、ロビン様はさらに動揺し始めた。

「ナゼルバートを消してとんずらする計画がっ……」

焦ったロビン様が反射的に腕を上げ、その拍子に彼の手からすっぽ抜けたナイフが空中を舞い、拘束が外れたばかりのホーリーさんに向かって飛んでいく。

「危ないっ！」

彼女の体は強化していない。ナイフが刺さると危険だ。

（間に合わない！）

絶望的な気持ちで私は彼女を見つめた。ナゼル様でも、これを止めるのは無理だ。

だが、ナイフはまっすぐホーリーさんに突き刺さり……彼女の体をすり抜けてカランカランと床に転がった。

「ん……？　あら？」

どういうことか事態が把握できず、慌てる私に、後ろからヘンリーさんが説明した。

「ホーリーの魔法は『すり抜け』なんです。壁なども通り抜けられるレアな魔法なんですよ。今もその魔法を使ったんだと思います」

「なんと！」

ナイフが当たる瞬間、ホーリーさんは自分の魔法を使い、ナイフをすり抜けさせたようだった。

（すごい魔法！）

魔法オタクのエミリオが聞いたら、また喜びそうである。

ものすごく心配したが、ホーリーさんが無事でよかった。

残る人質はデフィだけである。

私たちはナゼル様の足を引っ張らないように、全員がロビン様から距離を取った。

ロビン様は何度もナゼル様に魔法をかけようとしては、素知らぬ顔のデフィにこっそり無効化されて慌てている。

「ちょ、なんで!?」

人質を取り戻したナゼル様は、容赦なく前方に向けて植物の魔法を放った。

緩やかに伸びた緑の蔓植物が、ゆっくりとロビン様の体に巻き付いていく。ロビン様は暴れていたが、無数の植物の蔓には敵わない。

そのまま徐々に体を覆われていき、最後には緑色の塊と化してしまった。モゴモゴと中で何かを叫ぶ声が聞こえるが、内容まではわからない。

「ふぅ、ようやく終わった」

ロビン様を無事捕縛したナゼル様は、落ちていたナイフを拾うと、厄介な魔法を無効化してくれたデフィの枷を破壊する。

抵抗して手荒に扱われたためか、デフィは若干ぐったりしていた。

「大丈夫かい?」

「は、はい。……すみません、封印されたロビンの魔法を二度にわたって解いてしまって。私が脅しに屈しなければ、ご子息が攫われずに済んだのに」

反省しきりのデフィに、ナゼル様は優しい声音で告げる。

「君は拘置所の、牢の見張りの命を守ってくれたのだろう? それに、ロビンの魔法を無効化して俺のことも守ってくれたのだから責めたりしないよ。結果的に、ソーリスもホーリー夫人も無事だったしね」

デフィにはロビン様を助け、こっそり手を貸して、一緒に祖国に戻る道もあった。密偵としては、そういった行動が正解になるのかもしれない。

でも、彼はそうはしなかった。私はそんなデフィに話しかける。

「ありがとう、デフィ。あなたのおかげでナゼル様が……そして皆が助かったわ」

「アニエス様？」

デフィは私を見て戸惑っている。てっきり責められるとばかり思っていたようだ。

「私……いや俺は、あんたたちの障害になりたくなかっただけなんだ。アニエス様は、ロビンを逃がしたマイザーンの密偵である俺にも親切にしてくれた。祖国でも、そんな風に扱われたことはなかったよ。今回はたまたま、ロビンが俺の魔法を普通の『解除』だと思っていたから、誤魔化すことができただけだ」

「それは、あなたの立派な功績よ。本当にありがとう」

私はデフィの手を両手でぐっと握る。

「わわっ、アニエス様っ！」

焦った声を上げて照れる彼の後ろで、ナゼル様の大きな咳払い(せきばら)が聞こえた。

デフィは慌てて私から離れると、「俺は大丈夫だから、あんたは領主様や子供の傍(そば)にいなよ」と私に告げる。

言われるがまま、私はソーリスを抱っこし、ナゼル様の横に移動した。

しばらくすると、部屋の入口付近にいたヘンリーさんたちが、「増援が到着しました」と、民家の玄関のほうを見ながら教えてくれる。

他の兵士を呼びに行く余裕はなかったが、ヘンリーさんの、「変色」の魔法で、この民家を真っ白にしていたらしく、見つけた兵士たちが不思議に思って下りてきたらしい。

白い色は夜でも目立つのだ。

もういろいろ終わった後だけれど、やってきた兵士たちにロビン様を運んでくれるよう頼んでみようと思う。

「さあ、皆、これから嵐は益々強くなる。早く安全な場所へ戻ろう」

ナゼル様が皆に指示を出す。屋敷と拘置所はスートレナ内の「安全な場所」に含まれていた。

私たちは騎獣に乗って民家を後にする。

ナゼル様とソーリスを抱っこした私とで、ジェニに三人乗りした。ジェニは赤ん坊が一人増えたくらいでは全く重さを感じない様子だ。

相変わらず雨や風は酷いが、ジェニもソーリスを気にかけて、安全に飛行してくれた。

「ジェニ、ありがとう。優しいわね」

「グルル♪」

ソーリスは泣き疲れてぐっすり眠っている。

ヘンリーさんとホーリーさんは、騎獣に乗れる兵士の後ろへ騎乗し、デフィはトッレの後ろへ乗せてもらっていた。

もうデフィは牢に入れなくても大丈夫だろうということと、ロビン様から遠ざけたほうがいいだろうということで、マイザーンに引き渡される日までは、屋敷にて生活してもらうことになったのだ。軟禁状態にはなってしまうかもしれないが……。

ロビン様は、もう一度魔法を封印されて牢屋に逆戻りである。

拘置所へ向けて飛び立つ際にギャーギャー騒いで抵抗していたが、屈強な兵士に関節技をかけられたら大人しくなった。

彼はマイザーンとの交渉後に、レオナルド殿下が王都へ連れて帰る手はずになっている。

ナゼル様は「正直、さっさと王都に連れ帰ってほしいな」と疲れた声で呟いた。私もそう思う。

もう、あんなヒヤヒヤさせられる経験はこりごりだ。

ジェニは嵐の夜空を飛び続け、それほど時間をかけずに中心街から屋敷まで安全に戻ってくることができた。

ケリーやメイドたちに出迎えられ、私たちは冷えてしまった体を温めるためにお風呂へ直行する。

ソーリスもタイミングよく目を覚ましたので、彼があまり好きではない赤ん坊用のお風呂へ連れて行かれてしまった。

お風呂を出たのち、私は居間でナゼル様やソーリスと再び合流する。

ナゼル様は植物に覆われた窓の隙間から外の状況を確認していた。もう皆眠っているようなので、私は魔法で屋敷の周りの空気を強くしておく。

「雨風の度合いは、明け方が一番強いそうだよ。今のうちに少し休んでおこう。できることは全部やった」

ナゼル様の言葉に私は頷いた。

「きっと、嵐が来たあとも……むしろ来たあとのほうが忙しくなりますね。私は別室でソーリスと一緒に寝ます。ナゼル様は寝室でしっかり眠ってくださいね」

私は眠っているソーリスに視線を落とす。

「それなら、俺も一緒に行くよ」

「でも、ソーリスが夜泣きをするかもしれません。眠れないかも……」

「大丈夫。アニエスやソーリスと一緒のほうが落ち着くんだ」

私たちは揺りかごごとソーリスを連れて寝室へ移動した。

ソーリスは熟睡している。

ナゼル様が暴風対策にと植物で覆っている窓の外から、風の音が聞こえてくる。

「ジェニやダンクは平気かしら。畑の野菜も心配だわ」

芋が全部飛ばされていたらショックだ。

「アニエスがあれだけ小屋を強化したんだ、普通の家よりよほど安全だよ。騎獣たちは障壁も出せるし、嵐が来てもびくともしないと思う。それに、さっき屋敷を囲むように空気も強化したんでしょ？　野菜も守られているよ」

「だといいですが」

スートレナの人々の畑が被害に遭っていたら、食糧としてここの野菜を配る予定なのだ。

だから嵐のあとも、なるべく残っているのが理想である。

覆われた窓の隙間がピカッと光り、遠くで雷が鳴った。思わず身を竦(すく)めてしまう。

「アニエス、こっちへおいで」

雷嫌いを知っているナゼル様が、両手を広げ私を呼び寄せた。素直に従う。

歩いて彼に近づくと、優しく抱擁される。それだけで、いくらか心が落ち着いた。

「明日は早いから、そろそろ休もうか」

「はい」

私たちは、並んで二人でベッドへ移動する。

雷が近づいてきた。轟音が鳴り響き、屋敷全体が揺れる。

「ソーリス、大きな音にびっくりして起きないかしら」

「今のところ、気持ちよさそうに寝ているけど」

この状況で、まだ眠れるとは……私よりもよほど強い子だ。

ナゼル様は私を安心させようと、包み込むように抱きしめてくれた。彼の心音が聞こえ、安堵から徐々に強ばっていた体の力が抜けていく。

「大丈夫だよ、アニエス。君の魔法が皆を守ってくれる」

「ナゼル様……」

優しい美声で宥められているうちに、私の意識は夢の彼方に旅立っていった。

ソーリスの寝付きのよさは、私似かもしれない……。

翌日の早朝、スッキリ眠った私は、ぱっちりと目を覚ました。寝起きの意識もはっきりしている。

「おはよう、アニエス」

ナゼル様も起きていた。

改めて私をぎゅっと抱え込んでくる彼を慌てて制止する。ナゼル様が私を構い始めると、なかなか終わらないことが多いのだ。

「な、ナゼル様。まずは外の状況を確認しましょう」

私を抱えたまま器用に身を起こし、ナゼル様は窓の外を見つめる。

相変わらず、ビュービューと風の音がした。

雷は止んでいるが雨音は激しい。

「まだ外には出られそうにないね。もどかしいよ」

「嵐の中を出て行ったら、二次被害、三次被害が出てしまいますものね」

農業に従事している人にも、絶対に畑や水路を見に行かないよう通達を出している。

(でも、これが難しい問題なのよね……デズニム国では)

多くの領地において、農民たちは協力して畑周辺の水路や通路を管理し、お互いに仕事が円滑に進むようグループを作って作業していることが多い。

例えば、スートレナでいうと水路の管理係や設備の管理係、通路の管理係などがある。

そのほかにも農民同士のトラブル解決係やら、新しい事業を進める係やら……色々あるのだが。

こういった役割は、数年ごとに持ち回り制で、皆、様々な係を受け持っている。

もうおわかりだろうか。スートレナでは水路などの管理に携わる係の人が、嵐の際に責任感ゆえに畑へ出かけて行ってしまうのである。

なにも、興味本位で自分の畑を見に行っているわけではない。

彼らも気の毒だ。出かけたら出かけたで、事情を知らない人から「危ないのにどうして水路に行くんだ？」と非難され、行かなければ行かなかったで農業仲間からは「役割を果たしていない」と非難される。

今後も同じ場所で農業を続けて行かなければならないので、仲間内で干されるのは死活問題だ。ゆえに、結果的に嵐の中でも担当箇所を確認に行ってしまう……という感じの人が多い。

他にも目上の人から頼まれて、仕方なく嵐の中、その人の畑や水路を確認しに行くなどという事例が過去にあった。

その際に、ぬかるみで足を滑らせ水路に落ちるなどの事故も起こっている。

なので少々乱暴だが、今回の大嵐に備えて各グループに砦の職員を派遣し、スートレナでは罰則付きで嵐の中の見回りを禁じた。

その代わり、畑が水没したなど被害が出た場合は補償すると伝えたら、彼らは渋々納得してくれた。

スートレナの場合、嵐の中の見回りなどは、農業に従事する人たちの中でも若者や新参者など、断りにくい立場の弱い人や、優しく気のいい人に回されがちなので……。

それで死んでしまったら、あまりにも気の毒である。

……というわけで、スートレナ領が責任を負っての全面禁止だ。依頼した人も見に行った人も罰金です。強制したら拘束です。

今のところ、畑や水路で事故に巻き込まれた人の報告は来ていない。これからが本番だけれど。

「ナゼル様、行きましょう」

「そうだね」

ちょっと名残惜しそうに、ナゼル様はベッドから下りる。

「おや、ソーリスは起きていたのか……」

ナゼル様につられて、眠っていると思っていた我が子へ視線を移す。

「本当だ。目がぱっちり開いていますね」

ソーリスは静かに目を覚ましていたようだ。嵐の音が気になるのか、不思議そうな表情になっている。

「ぶー」

私たちに気づいて声を上げるソーリス。何を言っているかわからないが可愛い。

「ソーリスも一緒に行きましょうか」

「だぁう！」

ナゼル様がソーリスを抱き上げてくれ、一緒に屋敷を移動する。

すれ違ったメイドたちがソーリスを見て、嬉しそうに目を細めた。純粋無垢な彼は屋敷で働く多くの人から愛されている。

三人で避難所の様子を見て回るが、特に問題は起きていないようだった。

「避難所は大丈夫そうだね。今のうちに食事を済ませてしまおう」

「はい。嵐のあとが大変ですからね」

「ぶぅ！」

早朝のため、簡単にパンとスープだけをお腹に入れて、そそくさとソーリスの食事も済ませる。

ソーリスは機嫌がいいらしく、揺りかごの中でずっと静かにしていた。

外の様子を窺うと、先ほどよりも風は弱くなったようだ。雨は降り続いている。

しばらくすると、ホーリーさんが支度を済ませてきてくれたので、ソーリスを預ける。

嵐ですることもないため、今日は彼女の子供たちも、ソーリスのお世話に協力してくれるそうだ。

しばらくすると、風の音がやんだ。雨音もほぼなくなっている。

「そろそろ嵐が通り過ぎたかな」

ナゼル様が様子を見ようと、屋敷の裏口から外に出るそぶりを見せる。

「わ、私も行きます」

「危ないから駄目」

即答するナゼル様。

「ジェニやダンクが心配なんです」

「庭の様子を見て、大丈夫そうだったら君を呼ぶよ」

今すぐにとはいかないようだ。私は彼の条件を呑んだ。

ナゼル様が出て行く扉から、そっと庭の様子を窺う。

（木は折れていないようだし、庭が濡れている気配もないわね。そもそも、雨が降っていないという……不思議な現象が起きているわ）

昨日の激しい雨音はもしかして、私の作った「強い空気」もとい「結界もどき」に雨が当たる音だったのかもしれない。

（風の音も、空気の壁の外を吹いている音だったようね）

見た感じ、嵐の被害を受けているような箇所は見られず、どこも無傷だ。

（あらまあ）

嵐のあとだというのに痕跡は全く見られず、不自然さが際立つ。

人々の安全のためとはいえ、空気を強くするのはやりすぎだったらしい。

焦っていると、庭の確認を終えたナゼル様が戻ってきた。

「いやあ、なんの問題もなかったね。畑も騎獣小屋も無事だ。ダンクなんか、勝手に外に出て草を食べていたよ」

「よかったです……でも」

「うん、問題はこれをどう誤魔化すかだよね」

避難してきた人々は、安全確認が済むまで外に出られないようになっているが、このままでは怪しさ満点だ。

「アニエス、とりあえず、『強く』した空気を戻そうか」

「は、はい！」

私は庭を含めた屋敷全体を覆うように強化した空気を元に戻す。

すると、防がれていた雨が、パラパラと降ってきて頬に当たった。慌てて木の下へ入って雨宿りする。

「まだ雨が降っているから、庭全体を濡らせば、なんとか誤魔化せそうだね……偶然が重なって、奇跡的に被害が少なかったことにしよう」

「雨が止んでいなくてよかったです。雨が庭全体を濡らすまで、しばらく待つ必要はありそうですが」

話していると、草をモシャモシャ食べながらダンクが歩いてきた。元気そうだ。

「庭は安全確認中ということで、出入り禁止にしておこう。俺はダンクに乗って屋敷の外の状況を確認してくるよ」

「お気をつけて。避難所の人たちは私に任せてください。庭に水たまりができた頃に、状況を見ながら帰宅してもらいます」

自宅が嵐の被害に遭っていて暮らしていけない人には、ナゼル様が植物住宅を提供する予定だ。家が復旧するまで無償で使えることになっている。

(この魔法を鍛えれば、あちこちの家や畑も守れるかもしれないわ。バレたら困るけれど)

ポルピスタンやマイザーンのような、聖女を欲する国の人に、ロビン様のように攫われてしまうかもしれない。ロビン様の場合は自らついていったが。

使いどころの難しい魔法だ。

私の気配を感じたのか、ジェニもてくてくと歩いてきた。

体が大きいし羽もあるので、若干裏口付近の通路が通りにくそうだ。

「ジェニ、無事でよかったわ」

「グルル」

眠そうにあくびをするジェニ。嵐の中、小屋でぐっすり寝ていたようだ。

（ソーリスみたいに、ジェニも寝付きがいいわよね）

微笑みながらジェニへ近づく。

「このままだと体が濡れてしまうわね。あなたは気にしないでしょうけれど」

なんせ、嵐の中でも悠々と飛行し、雨季はプールに飛び込み放題のジェニだ。障壁も自由に出せるし、濡れるのも嫌いではなさそうである。

（そうだわ。私も上空から被害状況を確認してみましょう）

ジェニに乗って屋敷を旋回する。ここからだと、街の様子もよく見えた。

木が折れたり、塀が崩れている箇所がある。やはりいつもの嵐より規模が大きかったようだ。

（皆、無事だといいわね）

庭に着地して、地面を確認すると、不自然ではないくらいの水たまりができていた。

これなら、嵐の後の光景としておかしくは……ないはず。

「そろそろよさそうね」

私は一旦建物の中へ戻り、避難所にいた人たちに嵐が去り、外へ出ても大丈夫だということを告げる。

「壊れた建物や折れた木などに注意してくださいね。もし家が浸水などで住めなくなっている場合は、引き続き部屋を開けておくので、こちらで避難してもらっても構いません。くれぐれも、無理はしないように」

人々は嵐が去ったことに安堵した様子で、自分の家が心配なのか、そそくさと自宅へ戻っていく。

私はそんな領民たちを見送った。

(屋敷内は被害ゼロ。よかったわ)

一通り屋敷の点検を終え、雨よけの外套を纏って再び外に出た私は、ナゼル様を手伝いに行くことにした。

裏口付近をうろついているジェニに声を掛け、一緒に空に飛び立つ。

後ろから、護衛のトッレが追いかけてきた。

「アニエス様、私も手伝います！　巨大化の魔法は復興作業に役立ちますから」

ロビン様の一件で多少自信を喪失していたが、もう復活したようだ。よかった。

「ええ、頼もしいわ。よろしくね」

空を移動していると、ジェニがくるりと方向を変えた。今までこんなことはなかったので驚く。

「どうしたの、ジェニ？」

「グルルッ！」

ジェニは中心街の騎獣小屋を見ていた。ちょうど、真下にあるのだ。

「あの騎獣小屋が気になるの？」

「グルルルッ」

「トッレ、少し寄り道するわ」

私はジェニと一緒に騎獣小屋の前へと降り立つ。ここは私が魔法をかけていたので、建物が潰れたりはしていない。

ただ、床が少し……私の足首くらいまで浸水している。

ちょうど、騎獣小屋の世話係をしている老人と、コニーが水に浸かった道具などを運び出していた。私を見つけて驚いている。

「アニエス夫人？　どうしてここに？」

「ジェニがここを気にしているの。私も心配だったから寄ったのだけれど……大変なことになっているわね」

コニーは難しい表情を浮かべた。

「ここはまだマシなほうです。坂を下った先の民家はもっと水位が高くて。幸い、怪我人や弱った騎獣などは出ていませんが……って、ジェニ!?」

コニーの悲鳴を聞いてジェニを見ると、小屋の中に勝手に入ろうとしている。

「ちょっと、ジェニ？　もしかして……」

両親を心配しているのだろうか。

ジェニの父親と母親はここで暮らしているのだ。

コニーがジェニを止めに行くと、小屋の中からジェニの両親が出てきてしまった。

二頭とも自由に動ける状態だったらしい。

そのさらに奥からデービア様のワイバーンも出てくる。彼らは大きな顔を近づけ、お互いの無事を確かめ合っていた。

ワイバーンが四体揃った光景は圧巻だ。

「グルッ！」

ジェニは安心した様子で小屋から離れ、私たちのいる騎獣小屋の施設内の広場へ移動した。他のワイバーンたちも外に出て思い思いに体を動かし始める。

「クルル？」

デービア様のワイバーンが紫色の羽を大きく羽ばたかせた。すると、ジェニが彼女に近づいて一緒に羽を動かし始める。

それを見たコニーが言った。

「仲良しですねえ……あれはワイバーンの親愛のポーズです」

ジェニの両親も微笑ましげに二頭の様子を見ている。

（なるほど、両親公認の仲なのね）

私とトッレは、ジェニを一旦この場に残し、歩いて砦へ移動することにした。近いので。

騎獣小屋を出て中心街の広場を横切ると、ナゼル様のいる砦がある。

「ナゼル様！」

「……あ、アニエス」

ちょうど外へ出ていた彼は、私を見つけると駆け寄ってきてくれた。

「アニエス、こんな雨の中を歩いたら体が冷えてしまうよ。君は騎士団にいた屈強な俺やトッレとは違うんだから」

「小雨だし大丈夫ですよ。雨具も着ていますし」

「駄目。とりあえず建物の中へ入って」

自分だって雨に濡れていたのに、ナゼル様はとても過保護だ。トッレは砦の人たちに囲まれ、倒木の撤去作業を頼まれている。人気者だ。

「トッレ、魔法で皆を助けてあげて。アニエスは俺が見ているから」

「了解であります！」

トッレは砦の人たちと一緒に、街のほうへ飛び出していった。

「アニエス、君はこっちだよ……ほら、やっぱり体が冷えてる」

ナゼル様は、雨具を脱いだ私を彼の砦での仕事部屋に連れて行く。

出払っている人も多く、部屋には誰もいなかった。

ナゼル様は私を手前のソファーに座らせる。

「少し待っていて。近くにキッチンの付いた部屋があるから、温かいお茶を淹れてくるよ」

「でしたら、私が淹れます」

「お茶くらい用意できるよ。アニエスはそこにいて、タオルも持ってくるから」

有無を言わせず私をソファーの上に残し、ナゼル様は部屋を出て行ってしまった。

そうして、すぐにお茶の載ったお盆とタオルを器用に持って戻ってくる。

テーブルにお盆を置くと、ナゼル様は乾いたタオルで私の髪や袖など濡れた部分を丁寧に拭っていく。

「あ、あの、自分で拭けます」

「いいから」

包み込むように抱きしめて私を拘束したナゼル様は、せっせと世話を焼き始める。機嫌がよさそうだ。

「ナゼル様、お仕事は？」

「一区切り付いたところで今は報告待ちだよ。また外へ行かなければならないから、今のうちにアニエスを補充させて」

私を補充とはどういうことなのか。

疑問に思いながらも、深く聞いては駄目な気もする。

そうしているうちにナゼル様は私を拭き終わり、額にキスを落として立ち上がった。

続けて私にお茶を出してくれる。いい香りのするミルクティーだ。

「あ、ありがとうございます」

ナゼル様は満足そうににこりと微笑んだ。

実は私、ストレートの紅茶も好きだが、ミルクティーも好きなのである。

デズニム国では一般的に、ミルクティーとして出す茶葉は、ストレートティーとして使えない駄目な茶葉だと言われている。要するに、そのままでは飲めないのでミルクで誤魔化さなければならない品質の茶葉という意味だ。

スートレナへ来た頃は贅沢（ぜいたく）ができなかったので、ミルクティーを飲むこともよくあった。

しかし、私もナゼル様もさほど気にならず、ミルクティーも美味（おい）しいではないかということになり、現在でも時折たしなんでいるのだ。

もちろん、今ではスートレナでも様々な茶葉が出回りつつあるので、砦では粗悪な茶葉は使っていない。

淹れてもらった紅茶を一口飲むと、いい香りが鼻に抜け、まろやかなミルクが口の中に染み渡る。蜂蜜も入れてくれているのか、ほどよい甘さもあった。

「甘くて美味しいです」

体も温かくなってきた。

自覚はなかったが、ナゼル様の言うとおり冷えていたようだ。

「役得だな。アニエスのその顔を見られただけでも、仕事に来た甲斐（かい）があったよ」

そんなことを言いつつも、しっかり仕事ができてしまうのがナゼル様である。

紅茶を飲み終えた私は、優しく微笑むナゼル様に告げた。

「私、ナゼル様のお手伝いに来たんです。『絶対強化』の魔法が復興の役に立つと思って」

「ありがとう、アニエス。君の出番は、もう少し現場が落ち着いてからだ。今はどこも浸水が問題になっているから……おや、雨は止んだようだね」

ナゼル様は顔を上げ、仕事部屋の窓から外を見る。小降りだった雨が完全に止んでいる。

「このまま晴れたら、水は捌けるでしょうか」

「おそらくは……。嵐のせいか、魔獣被害がほぼなかったのが救いだね」

ナゼル様がスートレナへ来てから今まで、このような嵐はなかったが、来る前にも何度か被害があった。

しかも、そのときは被害の多さが今の比ではなく、もっと大変だったのだ。

ナゼル様は治水についても対策していたので、今回はまだこの程度で済んだ。

今のところ、死人や怪我人の報告は来ていない。

「屋敷以外の避難所も引き続き開放する予定だ。家が被害に遭った人もいるから、復興までは順次避難所から植物住宅などに移動して暮らすことができればと……計画してるんだけど」

植物住宅が活躍する機会がきたようだ。最初にナゼル様が発案してから、植物住宅には様々な改良が施され、今では普通の家よりも快適だという意見ももらっている。

「住む場所は大切ですからね」

「予算と人員が揃い次第、嵐の対策をもっとしていかないとね」

「人員……人員ですね……」

「うん、人員……」

やはり、最終的にはそこに行き着くようだ。

スートレナの人手不足は深刻だった。

今回の嵐で、学校の教室になる予定だった場所に被害が出ていないことを祈るばかりだ。

しばらくするとナゼル様の部下がやって来て、畑や家畜、騎獣などの被害について報告していく。

それを聞いていた私は、ナゼル様に向きなおった。

「そういえば、中心街の騎獣小屋も浸水していたんです。あちらさえよければ、うちの庭に騎獣たちを一時的に避難させてもいいですか？　ジェニもワイバーン仲間を心配していましたし」

「そうだね。植物住宅の騎獣小屋で大丈夫なら、すぐに屋根のある場所も用意できると思う」

庭がワイバーンと天馬だらけになりそうだが、騎獣たちの健康は大事な問題だ。

ジメジメした場所にずっといるのはよくない。

「水が引かない場所は、根からの吸水力の高い植物で対処しようかな。排水に適した魔法を持つ人たちにも協力してもらうよ」

ナゼル様の魔法は水を吸い上げるのにも使えるらしい。便利だ。

「では、強化が必要な場所が見つかったら、私にお任せください！」

「ありがとう、アニエス」

ナゼル様はニコニコしながら、今度は頰に唇を落とす。何度も……。

「あ、ちょ、ちょっと、ナゼル様、あの……」

扉の外から、部下の人が入ろうか入るまいか、気を使って迷っている姿が見えた。

「あの、ええと、あの……」

「うんうん、アニエスは可愛いね」

ナゼル様は素面(しらふ)である。

そして彼は扉の向こうの部下たちに気づいていた。

「そろそろ、出ないといけないみたいだね。アニエスもおいで」

「は、はい……」

ナゼル様に手を引かれ、私は砦の外へ出ることになった。

（うう、恥ずかしい）

そうして、火照った顔のまま率先して復興に協力していくナゼル様について街を回り、補強が必要な箇所を魔法で強化していく。ナゼル様の植物のおかげで、街の至る所に残っていた水はすぐに引いていき、私も役に立つことができた。

トッレも瓦礫（がれき）の撤去などで大活躍している。巨大化の時間が三分間なので、休憩を取りつつ、数回に分けて魔法を使っているようだ。

ここに来た当初は一日に三回しか巨大化できなかったが、彼も成長したらしい。もう五回目の巨大化に成功している。日頃の筋トレの成果だろうか。

そして、空中を移動できるポールも、相棒のポッポと協力しながら細かな偵察などの仕事で役に立っているようだ。

彼と同期のリュークも魔法で障害物を退（ど）け、人助けをしている。

「またしばらく、忙しくなりそうだね」

空を見上げたナゼル様が苦笑する。

作業を続けていると、いつの間にか大嵐が嘘（うそ）だったような晴天になっていた。

◆5 緊迫の会議と恋の季節のスートレナ

マイザーンから使者がやってきたのは、ロビン様が脱走してから少し後のことだった。

しかも、相手は王弟リバージュ・マイザーン殿下だった。今回は両国の王弟同士の話し合いとなるようだ。

金色の糸で刺繍の施された、仰々しい衣装を着たリバージュ殿下は、大勢の部下に囲まれて堂々と威圧感を放ちながらスートレナの中心街に登場した。

黒髪の背の高い綺麗な顔立ちの男性で、デフィと同じ肌の色をしている。彼は腰まである艶めく長い髪をそのまま背中に垂らしていた。裾の長い女性的なマイザーンの伝統衣装も相まって、遠くから見たら本当に性別を間違えそうだ。

交渉役を任されたレオナルド殿下はガチガチに緊張している。

ちょっと心配になってきた。

「助けて、ナゼルバートォ〜」

予想どおり、彼は困ったときのナゼル様頼みとばかりに泣き言を言っている。

そんなこちら側の様子を意に介さず、リバージュ殿下は衣装の裾を引きずりながら、ゆったりした足取りで近づいてくる。

「はじめまして、レオナルド殿下」

「……ハジメマシテ、リバージュデンカ」

なんとか挨拶することができたレオナルド殿下をフォローし、ナゼル様がそつなくリバージュ殿下を会場へ案内する。さすがだ。

交渉の場所は中心街にある砦(とりで)の、一番大きな会議室だった。

ここスートレナで一番広くていい交渉場所である。

今回マイザーンの王弟は船でスートレナまで来て、騎獣にて砦まで送迎された。

ロビン様を攫(さら)う命令を出した張本人とのことで、スートレナ側の彼に対する心証はよろしくない。

(ちょっとピリピリした空気ね)

マイザーンとの友好関係を維持できるかどうかの瀬戸際である。レオナルド殿下と同じように、私まで緊張してきた。

(こんな状況下でゆったり構えていられるリバージュ殿下を尊敬するわ)

ふてぶてしいというか、なんというか……いろいろな意味ですごい人だ。

砦ではレオナルド殿下と彼の部下、そして渋々出席するナゼル様が中心となって話を進める。

ケリーに用意してもらったフード付きの服を着た私も、ナゼル様についていき静かに会場に紛れ込んでいた。

引き渡す予定の、デフィのことが心配なのもあって、ナゼル様に参加をお願いしたのだ。

外交の邪魔になってはいけないので、隅っこでデフィと小声でお喋(しゃべ)りしている。

話の中心となる彼も、この話し合いで時折発言しなければならないのだ。それ以外の時間は、ここで待機している。

「アニエス様、さっきから気になっていたんだけど……なんなの、その顔？　お化けみたいに厚塗りだけど」

「……ロビン様対策よ」

今回は話し合いの過程で、ロビン様も証拠として一度顔を出す予定なのだ。もちろん、魔力が封じられ、厳重に管理されての出席となる。

これまでロビン様は、ナゼル様の妻だからか、やたらと私にちょっかいをかけてきた。

そのたびにナゼル様の機嫌は急降下し、彼の愛情表現は重くなる。

今回は、ナゼル様が始終心穏やかに過ごせるよう、私なりに手を打ってみたのだ。

「会場の端にいるし、目立っていないから大丈夫」

「いや、そうだけど……一度気づいたら、気になって仕方なくなる顔だよ？　もう外交どころじゃないよ？　なんでそうなったの？」

他国出身のデフィは悪名高い「芋くさ令嬢」についての噂（うわさ）を知らないようだ。

「私の出身、エバンテール一族は古き良きものを推奨する人たちなの。実家にいた頃は、いつもこの格好だったわ」

「えっ、正気!?　夢に出てきそう……」

悪夢を想像したのか、デフィはげんなりした表情になっている。

話していると、会場の中心でデフィの名前が呼ばれた。

「嫌だな……行かなきゃ」

デフィは重い足取りで中央の目立つ場所へ歩いて行った。

私は一人静かにナゼル様たちの話し合いに耳を澄ませる。

ようやく普通に喋れるようになったレオナルド殿下との対話を続けていた、リバージュ殿下の話がデフィの処遇に及ぶ。

「では、こちらで捕らえたデフィをそちらに返還したい」

レオナルド殿下の言葉に、リバージュ殿下はさらりと首を横に振る。

「それには及びません。デフィはそちらで好きに処分してくださって結構です」

こういう場だからかもしれないが、リバージュ殿下は淡々と受け答えをしており、言っては悪いが人間味を感じない。

(自分の部下……それもロビン様誘拐のような重要な仕事を任せる部下に対して、あまりにも対応があっさりすぎない?)

まるでものみたいに、「処分」だなんて簡単に言ってしまえるところに、空恐ろしさを感じた。

私はおそるおそる、デフィの様子を観察する。

広い部屋の真ん中に立つデフィは、何も話さないが戸惑ってもいない。

どこかで、このように扱われることがわかっていたかのような落ち着きぶりだ。どちらかというと、私の芋くさスタイルを見たときのほうが動揺していた。

きっと、彼はリバージュ殿下の選択をどこかで予想していたのかもしれない。

ずっと仕事を辞めたがっていたデフィ。

その理由の一端が、今、目の前で垣間見えた気がした。

（この様子では、たとえ国へ帰れたとしても……ろくな扱いはされないでしょうね。下手をすると、罰が与えられるかもしれない）

たしかに彼は任務を失敗したけれど、本来なら「解除」の魔法を持つ人は密偵なんてしないはずだ。

辞められない仕事を与えられて便利に使われ、責任の重い仕事を任され、失敗すれば簡単に切られる。デフィが生きてきたのは、そういう世界なのだ。

（ずっと、投げやりなのには、そういう理由があったのかしら）

話した限りの判断だが、私はデフィは決して仕事ができないわけではないと思う。

与えられた任務を嫌ってはいるが、「解除」の魔法しか使えないのに単身でデズニム国へ乗り込み、途中まではロビン様の誘拐を成功させている。

ただ、今回の場合は……相手が、ロビン様が悪すぎたのだ。

（ロビン様に振り回されるデフィが簡単に想像できてしまうわ）

ソーリスが誘拐されたときだって、デフィは完全に巻き込まれた被害者だった。

全く話の通じないロビン様は、きっと誰の手にも負えない。

そのままデフィは引き取りを拒否され、私のいる場所に戻ってきた。

「デフィ、あの……なんて言ったらいいか……」

戸惑いながら声を掛けると、デフィは吹っ切れた様子で笑った。

「たぶん、見抜かれていたんだろうね。俺の心がもうマイザーンにないことを。まあ、事前に消されなかっただけよかったよ」

「えっ……？」

「ほら、交渉を有利にするために、俺の死を利用したりとか……あの人なら普通に考えるだろうかさ」

つまり、デフィに刺客を送って殺し、死んだことをスートレナのせいにし、「どうしてくれるんだ」と言いがかりをつけて、今回の事件においてマイザーン側が謝罪として支払う代償を減らすということだ。

「ひとまず生かされるくらいには、大事にされていたのかなって……都合のいい考えだけど。あの人なりの温情なのかもしれない」

デフィの言葉を聞いて、私もなんとなくそうかもしれないと思った。

「だってあなた、向こうにいたときは文句を言いながらも、一生懸命働いて結果を出していたんでしょう？」

「うん、まあ、それが俺の役目だったから。でも、事前に殺されなかったとはいえ……アニエス様と出会っていなければ、スートレナに放り出された時点で再び捕まるだろうし、ここぞとばかりに断罪されていたかもしれない」

彼は「解除」の魔法を持つ者として、魔法が発覚して以来人生を決められていた。

生涯、魔法を解除する役目を負い、国に尽くさなければならない。

そして特に未来に希望を持つこともなしに、淡々と言われた仕事をこなしてきたという。

私にはデフィの生き方は想像しがたい。彼が抱えているのは、エバンテール家に生まれた人間とはまた違う苦しみだ。

牢にいた頃、彼がマイザーンでの仕事について、軽く教えてくれたことがある。

デフィの主な仕事は、リバージュ殿下の指示した囚人の元へ出向き、こっそり魔法を解除して彼のもとへ連れてくること。ロビン以外にも、リバージュ殿下は各国において希少な魔法を持つ人物をこっそり引き抜いていたらしい。

(すぐ身近に『絶対解除』の魔法を持つ、とてもレアな人材がいたのに……気が付かなかったのね)

デフィの本当の能力を知れば、リバージュ殿下は絶対に彼を手放さないだろう。教えないけど。

「あなたは晴れてマイザーンから自由になれたわね」

「冗談は止めてよ。行き場もないし、デズニム国の民でもない……晴れて、どころか大雨だよ」

「デフィは、なにか、したいことはない? あなたはこのあと釈放されると思うの。スートレナもまだ、余分な囚人を何人も囲っておけるほど余裕があるわけではないし。大丈夫そうな人から、さっさと釈放する感じなのよ」

本来ならデフィはずっと投獄され続けることになるだろうけれど、彼自身に再犯の意思はない。

そして、『絶対解除』を持つが故に、デフィを長期間投獄し続けるのはスートレナの負担になる。

「したいことを聞かれても、そんなの今まで考えもしなかったからわからない。嫌なことはわかるのに、やりたいことは思いつかなくて」

期待するだけ無駄だと、デフィは最初から諦めていたのだろう。

自由になれないのにそんなことを想像しても意味がないから。

「そうなのね。じゃあ、あなたが嫌じゃなければだけど、うちの屋敷に来ない？」

「ストレナ領主の屋敷に？」

「ええ、今のあなたなら、なんだってできると思うの。だから、やりたいことが見つかるまではうちにいればいいわ。仕事をしてくれるなら、お給料も出すわよ。ナゼル様も、きっと反対しないと思う。あなたはロビン様から彼を助けてくれたもの」

「……俺に都合がよすぎない？　魔法で屋敷の人を害するかもしれないよ？」

「害しても、デフィにメリットなんてないでしょう？　そんな余計な労力を、わざわざあなたが使うとは思えない」

「そうだけど、でも」

デフィは途方に暮れながらも、迷いを見せていた。

うちへ来ることは嫌ではないようだが、本当に自分が行ってもいいのかと葛藤しているように思える。

「本当にいいの？」

「もちろん大歓迎よ」

私は彼を励ますように微笑んだが、芋くさい化粧のせいか、デフィは「うっ」と言ってのけぞってしまった。

そうこうしているうちに話し合いは最終段階になり、兵士に連れられたロビン様が入ってくる。

こんな状況だというのに、ロビン様は「野郎ばっかりでつまんない」と、キョロキョロと周囲を見回し、私がいるほうへ目を向けた。

「むっ、小鳥ちゃんの気配？」

だが彼はフードをぬいだ私の顔を観察して激しくショックを受ける。

「……じゃないぃぃぃ芋くさ令嬢!?　なんで!?」

遠くにいるが、彼はデフィよりさらにのけぞっている。正直すぎる反応だ。

（対策の効果が出ているわね。複雑だけど）

もはやロビン様は私への興味を完全になくしたようで、こちらを振り返ることはなかった。ナゼル様のイライラもマシになるだろう。

（あとは、話し合いを見守るだけね）

今のところ、レオナルド殿下は冷静に話し合いを進めることができている。

「……というわけで、ロビンの魔法は聖女のものではない。そちらの密偵から、リバージュ王弟殿下は『聖女』なる人間を探しているのだと聞いた。だが、この際真実を告げるが……ロビンの魔法は精神を少し癒やすだけの、軽度の浄化や治癒の魔法なのだ。かつて、我が姉ミーアが大げさに触れ回ったせいで、根も葉もない噂が各地で広まった。我々も迷惑している」

ロビン様は魔法をかける際の作用である「放心状態」を敢(あ)えて作り出して相手を翻弄するような悪用をしているが、本来彼の魔法は多少心を楽にするようなものである。

癒やしという点では、聖女の魔法と似通っているのかもしれないが、彼は聖女ではない。

「そもそも、ロビンが本当に聖女と同等の人物なら、我々は彼をセンプリ修道院へ閉じ込めたりはしない。たとえどうにもならない人格の持ち主であっても、もっと有効活用する方法を考える」

レオナルド殿下の話を聞いたロビン様が「はあ？　生意気な王子だな。俺ちゃんを有効活用とか、何様のつもり？」と憤慨している。

しかし、ロビン様の訴えはさらっと無視された。リバージュ殿下も、もはやロビン様には目も留めない。

その後も騒ぐロビン様を無視して話し合いは進んでいき、今回のことはマイザーンからの賠償金諸々(もろもろ)で手を打つこととなった。

「それでは、賠償は書面どおりに……」

細かな取り決めをしたあと、リバージュ殿下はさっさと祖国へ帰っていく。

最後まで淡泊で、人間味の感じられない人だった。

もう嵐は過ぎていたので、今なら騎獣での移動もしやすい。マイザーンの人たちも、問題なく海を渡ることができるだろう。

会談を終えたレオナルド殿下は、ひとまず私たちと一緒に砦からスートレナの屋敷に戻った。

げっそりと憔悴(しょうすい)した彼を、ナゼル様が励ましている。

古き良き装いから着替えた私も一緒に話を聞いていた。

「すごいじゃないですか、殿下。私が主導しなくても、ご自身で話を進められていましたよ」

「だが……ところどころ、ナゼルバートに助けてもらった……」

「それが私の役目でしたから。ですが、あなたがこの国の外交を担っていくには、いい経験になったかと思います」

レオナルド殿下は少し考えるような顔になりながらも頷いた。

「ああ、そうだな。耐性はついた」

ナゼル様頼みの気弱なレオナルド殿下から一皮むけたようでなによりである。

「ところで、マイザーンの密偵の処遇だが、行き場がないのならうちで……」

「スートレナで引き取ろうと思います」

「いや、でも大変……」

「スートレナで引き取ります」

ナゼル様はにっこり微笑んで言い切った。

二人とも、デフィの本当の魔法『絶対解除』について知っているのである。

「ナゼルバート。ロビンを逃がした犯人として、僕はデフィを国で管理したほうがいいと思うんだ。そういうわけで、彼は王家が預かりたい」

「嫌です。アニエスも彼を引き取りたがっているみたいですし、デフィ本人もうちへ残りたいんじゃないでしょうか」

「そんなことを言って、アニエス夫人をデフィに取られてもしらないぞ。会議中、とても仲がよさそうにしていたじゃないか……がばばばば」

「うるさいですよ」

ナゼル様が魔法で出した食虫植物もどきが、レオナルド殿下の頭をパクリと挟んでしまった。害はなさそうだが、レオナルド殿の声がくぐもってよく聞こえない。

（なにげに、デフィ争奪戦が繰り広げられているわね）

もともとマイザーン側だったとしても、希少な魔法を持つ上に、能力的にも優秀な人材は欲しいらしい。

「では、デフィ本人に決めてもらいましょう」

ナゼル様はレオナルド殿下を食虫植物から解放し、笑顔で提案する。

一緒に連れてこられたデフィは、静かに二人の様子を見守っていたが、急に自分の意見を聞かれて焦り始めた。彼は今まで自分の本心を意見として伝える機会がなかった。だから、こういう話をされると戸惑ってしまうのだ。

会議のときに私はスートレナに滞在すればいいと提案したが、まだ彼から確固たる答えを聞いていない。

「ナゼル様、デフィが困っているみたいです。少し考える時間を与えてあげてはどうでしょう？」

「アニエス、君は優しいね」

こちらを向いたナゼル様はにこにこしながら、私を抱きしめた。

「ああ、もちろん優しいだけではなく、可愛いし、聡明だし、健気で善良で……」

「おい、ナゼルバート。戻ってこい」

暴走し始めたナゼル様を止めたのは、若干引き気味のレオナルド殿下だった。

「あと、私は王都へ帰らなければならないから、デフィの返事を気長に待つわけにはいかない」

「アニエスの意見を優先したかったのですが……仕方がないですね」

そう言うと、ナゼル様は私を解放し、戸惑いっぱなしのデフィに語りかける。

「デフィ、先ほどの話し合いにより、君は自由の身となった。でも、この地の領主として君をすぐに野放しにするわけにはいかない。つまり、今ここで当面の滞在地を決めてほしいんだ。具体的には、王都かスートレナかの二択になる」

「はい……」

話を聞いたデフィは覚悟を決めた様子で頷く。

「お二人の気持ちはわかります。親切なアニエス様はゆるゆるの提案をしてくださいましたが、デズニム国に滞在する私には、今後監視がつくだろうと予想していました」

私はぽかんと口を開けてデフィを見た。そんな私を慰めるように、ナゼル様は優しいフォローを入れ始める。

「そこがアニエスのいいところなんだ。他国の密偵にも優しいなんて、そんな女性はなかなかいない。大体……」

また話が脱線し始めそうなのを察し、レオナルド殿下がすかさず口を挟む。

「それで、デフィ。お前は王都とスートレナ、どちらで過ごしたい？　いずれの地でも犯罪をしない限りは投獄されない。王都を選ぶなら僕が生活全般の面倒を見よう」

　太っ腹な提案である。

　ただ、デフィの心は決まっていたようで、彼はレオナルド殿下に向き直って申し訳なさそうに告げた。

「大変ありがたいお話ではありますが、私はスートレナのアニエス様のもとで過ごそうと思います」

　私はハッと視線をあげて彼を見た。

「デフィ……」

「アニエス様、そういうことだから……これからよろしく」

「ええ、ええ。もちろんよ、歓迎するわ」

　笑顔でデフィに向かって頷くと、私はナゼル様やレオナルド殿下を見上げて二人に自身の意見を告げる。

「あの、お二人に伝えておきたいことが……」

　彼らは静かに私の話を待ってくれていた。

「えっと、これまでデフィは『解除』の魔法を持つ者として人生を決められ、他人に指示されるまま日々を過ごしていました。だから今の彼は降って湧いた自由に戸惑っています。どれくらい時間がかかるかはわかりませんが、私は彼が自分の意思でやりたいことを見つけられるまで、自分で動き出せるまで責任を持って様子を見守りたいです」

せっかくチャンスを得られたのだから、保護されてスートレナの屋敷で働いている多くの人たちのように、ゆっくりでも自分なりの新たな人生を見つけていってほしい。

もちろん、私の考えはきれいごとにすぎない。自覚もあった。

でも、せめて……手の届く範囲の人だけでも助けたいと思ってしまう。家を勘当された私が、これまでよくしてもらってきたように。

少々残念そうな様子のレオナルド殿下は、「わかった、デフィ本人が望んでいるし、アニエス夫人に異論がないのなら」と、名残惜しそうにデフィのことを諦めた。

ナゼル様はといえば再び私を捕獲し、艶(あで)やかな美声で「デフィばかりに構っちゃだめだからね」などと、斜め上の発言をしている。

「普段は優秀なのに、ナゼルバートはアニエス夫人が絡むとおかしくなってしまうな」

レオナルド殿下は今にも私を連れ去ってしまいそうなナゼル様を見て、もっともな感想を述べたのだった。

続いて、彼は意味なく騒ぎ立てていたロビン様に冷ややかな視線を送る。

「ロビン。お前は再びセンプリ修道院に収監される。他に女人禁制で適した場所がないからな。だが、以前よりさらに監視は厳しくなるだろう」

沙汰を告げられ、最後の抵抗とばかりに暴れ出すロビン様。

だが、魔法を使えない彼は兵士に取り押さえられて無理矢理、帰還用の騎獣に乗せられた。

「騎獣は嫌だ――――！　馬車にしろ――――！」

尚も暴れるロビン様は、ついに兵士によって「うるさい」と気絶させられた。途端に、辺りは静かになる。

「ナゼルバート、世話になった。礼は追って……」

「期待していますね」

ナゼル様は圧のある笑顔で微笑む。

「うっ……」

レオナルド殿下は青い顔色のまま別れを告げてスートレナを発っていった。


ロビン様を連れたレオナルド殿下たちも王都へ帰り、スートレナにまた穏やかな日常が戻ってきた。

そして屋敷にはデフィという新たな仲間が増えた。

ただ、当初は予想していなかったが、自由になったデフィは何もせずにじっとしていられる性格ではなかったようで、ものを運んだり、掃除したり、庭仕事をしたり……と屋敷の雑用を手伝ってくれている。

男手が足りないのでありがたいが、デフィの本来の目標である、「やりたいことを見つける」から外れてきている気がして心配だ。

今日も朝から庭木の剪定に夢中になっている彼に、私は斜め後ろから声を掛けた。

穏やかな朝日が、帽子からはみ出した彼の淡い色の髪を照らしている。今日は雨季にしては珍しく、晴れていた。

「ねえ、デフィ。あなたはうちの使用人ではないのだから、皆と同じように働かなくていいのよ？　お給料も出していないし……」

当初はデフィの自由にすればいいと思っていたが、彼があまりにもよく働くものだから、だんだん申し訳ない気持ちになってくる。

だが、デフィは整った眉を顰めて反論してきた。

「でも、ただで滞在させてもらっているのだから、このくらいはしないと落ち着かないよ」

「労働の搾取みたいで、屋敷を管理する領主夫人としては気になってしまうのよ。あなたの魔法に目をつけているナゼル様の思惑はさておき、私はあなたをこき使うために屋敷へ呼んだんじゃないんだから」

「えー……。木を弄るのは嫌いじゃないんだけどなあ。じゃあ、畑に水やりしに行ってくる」

「ちょ、ちょっと待ったぁ」

それでは何も変わらない。私は頭を悩ませた。

「デフィ、そんなに仕事がしたいなら、『やりたいこと』が見つかるまで、うちの執事か庭師にならない？　ちゃんとお給料も出すから、今後の資金にすれば？」

「でも……」

「活動を制限されたくないなら、出来高制の後払いにするわ。とりあえず、あなたがこなした仕事分を支払う形でどう？」

「別に必要ないんだけど」

「支払わせて」

「アニエス様がそう言うなら、俺に不都合はないけど……」

「じゃあ決まりね」

半ば強引に、デフィに約束を取り付ける。

今のところ、彼はまだ自身の目標を見つけられていないようだ。だが、初めて出会ったときよりも生き生きとしている。

彼の行く先が希望に満ちたものであればいいと私は願った。

こうしてデフィは我が家の執事（仮）になった。

よく気が付くことと整った顔立ちのせいか、メイドたちからの人気も高い。

今までの密偵という職歴のおかげか、彼はすんなりと我が家に馴染(なじ)んだ。

これからの、デフィの生活の変化が楽しみだ。

※

スートレナからの長旅を経て王城で審問を受けたあと、ロビンはデズニム国北東に位置するセンプリ修道院へ再び戻された。

石造りの分厚い門をくぐり修道院の敷地へ入ると、入口には同じく固い灰色の石畳が広がっている。今のロビンの心を映しているかのようだ。

「おおーい、ロビン殿〜!!」

自分を連行してきた兵に促され、渋々進んでいると、玄関先で待っていたらしいルブータが嬉しそうに駆け寄ってきた。

「待っていたぞ、我が同胞！」

「ルブータ伯爵……」

いつから自分はこの男の同胞になったのか。変態の仲間入りはごめんだ。

自らの行動を棚に上げ、ロビンはげんなりとした気分になる。

「俺ちゃんは、帰りたくなかった。せっかく、開放的な気分で自由を謳歌していたのに……ナゼルバートめ」

小さく呟くと、耳ざといルブータが顔を近づけてきた。顔圧が強い。

「ロビン殿、同室のよしみだ。今度は儂も外出に誘ってくれ。絶対だぞ！　儂だって、外に令嬢を見に行きたいっ！」

強く訴えるルブータだが、また外に出られることになってもロビンが彼を連れて行くことはないだろう。問題しか起こさなそうなので。

（これから元の部屋に戻されるのか。またルブータのおっさんとの同居が始まるなんて憂鬱〜。いびきがうるさいんだよな〜）

そう思っていると、ここの代表である鬼修道士がやって来た。ルブータの大声を聞きつけてきたようだ。ここにいる修道士の誰よりも大柄な彼は、頑丈な肩をいからせてロビンたちに近づいてくる。

「ルブータとロビン、お前たちは今後は同室にはならん。二人部屋だと問題が起こった際の対処が遅れる。ゆえに、ロビンは特別室へ移動だ」

「特別室?」

「今回のような事態を防ぐための部屋だ。いつも誰かがお前を見ていると思え」

「……?」

彼に連れられて向かった先は、大人数が一緒に暮らす集団部屋だった。

「おいおい、どうして俺ちゃんがこんなところに……」

「ロビン、もともとお前は男爵令息ということで配慮がなされており、ルブータと同室だったのも貴族同士だからだ。お前は不満たらたらだったが、修道院の中ではまだ良心的な扱いをされていた」

だが、配慮した結果ロビンが脱走を図ったため、今度は平民修道士たちとの相部屋となったと言いたいのだろう。

ちょうどそこへ、修道士たちが一斉に戻ってくる。

全員ふんどし姿ということは、夜の体術訓練の帰りなのだろう。

彼らはとってもたくさん汗をかいており、一瞬にしてロビンのいる部屋の中が男くさい香りにむわ～んと包まれた。

（うげ……）

鬼修道士が彼らに声を掛ける。

「おい、今日からこいつを頼む。以前のようにしっかり鍛えてやれ」

「押忍！」

野太い声が揃って返事した。

（ひえええええ……嘘だろ？　俺ちゃん、ここで暮らすの!?）

冗談ではない。これなら、ルブータと同室のほうがずっとマシだ。

「おい、ロビン。一緒に風呂へ行くぞ」

男たちの一人が、華奢なロビンの肩に親しげに丸太のような太い腕を回す。

ぬめぬめとした汗でべたつく腕に触れられ、思わず肌が粟立ち「ピッ」と情けない悲鳴が漏れた。

「裸の付き合いだ。脱走なんて考えられんように可愛がってやる。腹を割って話そうぜ」

別の男もタオルを手に持ち、ロビンたちに同行する構えを見せた。

「俺たちは皆兄弟だ。隠し事はなしだぜ」

「嫌だ――――！」

ロビンは男たちに担ぎ上げられるようにして、無理矢理風呂場へ連行されていく。

「そぉれー、そぉれー！」

「らっせーらー！」

「ちょーさーじゃーー！」

「わっしょーい！」

「やっとさー！」

各々がデズニム国内の自分の出身地のかけ声を上げ、ロビンを胴上げしながら移動し始めた。他の男たちもぞろぞろと後に続き、一緒に風呂へ向かう。

逃げ出したいが、逃げ出せない。

このままでは、風呂場が混み合って、密集した男共と浴槽内でもみ合いになること必至だ。

（野郎の生肌なんて冗談じゃない！）

そんなのは、ふんどし体術訓練のときだけで十分である。

「た、助け……て……」

だが、ロビンの訴えに耳を貸す者はいなかった。

※

真っ白の清楚（せいそ）なワンピースを身に纏（まと）い、旅行鞄（かばん）一つを持ったリリアンヌが領主の屋敷へやってきたのは、彼女の仮出所の話が出て十日後のことだった。

遠慮がちにナゼル様や私に挨拶する彼女は、しばらく屋敷のメイドとして働くことが決まっている。主な仕事はケリーの補佐で、以前ヒヒメ領から来たソニア様が請け負っていたのと同じ内容である。

最近、ケリーの忙しさには拍車がかかっていた。

人が増えた領主の屋敷は賑(にぎ)やかで、それぞれが楽しそうに働いているが、それをまとめるケリーは大変なのだ。適任者がいれば補佐につけてあげたいと日頃から思っていた。

(ソニア様は仕事方面で万能な方だったけど、リリアンヌ様も幼い頃から厳しい教育をされていて、ソニア様とは別の方面で優秀な方だと聞くわ。区分で言うとソニア様は実務能力が高く事務仕事に通じていて、リリアンヌ様は貴族としての教養や礼儀や社交に恐ろしく詳しいという感じかしら)

タイプは異なるが、今の我が家にとって心強い存在になるだろう。

「よろしくお願いします、リリアンヌ様」

私は今までに何度か、リリアンヌの収容所に足を運んでいたし、監視員の同行のもと彼女とも話をした。

トッレのように頻繁に顔を出していたわけではないが、それなりに仲良くなれたと思う。

「アニエス様、もう平民となった私のことはリリアンヌとお呼びくださいませ。面会の際も申し上げましたが、他の方に示しが付きません」

「そうだったわ。ごめんなさいね……では改めまして、リリアンヌ。これからよろしくね」

「はい、よろしくお願いします。アニエス様。ナゼルバート様も居場所を用意してくださり、ありがとうございます」

過去に罪を犯したとはいえ、私たちはリリアンヌのことは信用できると思っている。

だからこそ、屋敷へ招いた。

追い詰められたところにつけ込まれ、ロビン様に利用されていた彼女は、ナゼル様を襲った罪により捕縛された。

だが未遂に終わったことや、もともと悪事に否定的だったこと、のちにロビン様の悪事を暴くのに協力してくれたことで、彼女の罪は多少軽くなったのだ。

そして、スートレナの収容所でも模範的な受刑者だったため、今回の措置が取られた。

「トッレが騒がしいと思うけど、面倒だったらすぐ言って。俺たちのほうで注意するから」

「ありがとうございます。ですが、トッレ様には感謝しているのです。服役中に何度も様子を見に来てくださって、困ったことはないかと気にかけてくださいました」

「うん……毎日のように通っていたみたいだね。いや、本当にごめん。行き過ぎだって止めたんだけど……」

ナゼル様の言うとおりだ。私も彼に指摘したことがある。

しかし、トッレは止まらなかった。

雨の日も風の日も、リリアンヌのもとへ出かけることを欠かさなかった。何があっても収容所の面会室へ通い続けていたのである。

「最初は戸惑いましたが、そのうち、私もなんだか慣れてきてしまって。彼に会うのが日課になっていきました」

私は黙って彼女の話に耳を傾けつつ、心の中で思った。

（リリアンヌの感覚が麻痺してしまっているわ）

意図したものではないだろうが、トッレの「好きな人のもとへ通い詰める作戦」は功を奏している。

「そういえば、トッレ様にプロポーズもされました。もう婚約者ではないのに、私なんかに本気で求婚するなんて、あの人は何を考えているんだか……」

見ていると、リリアンヌはいろいろ言いながらも、まんざらでもないような表情を浮かべていた。彼女の頬はほんのり薄桃色に色づいている。

（もしかして、リリアンヌもトッレのことを、本気で好きだと思っているの？）

だとすれば、他人が口出しするべきではない気がする。ナゼル様と私は顔を見合わせ、これ以上は言及しないことにした。

リリアンヌがトッレの重すぎる愛に苦しんでいないなら、それでいい。

こうして、仮出所中のリリアンヌは、無事我が家の仲間に加わった。特に問題も起こらず、リリアンヌは皆から歓迎された。

めげないトッレが何度も彼女に求婚しているので、そのうち二人の結婚報告が聞けるかもしれない。おめでたいニュースが聞ける日を楽しみに待ちながら、私はリリアンヌたちの様子を引き続き見守り続けることにした。

※

その後は引き続きスートレナの復興を行いながら、進めていた学校経営に着手するという、私にとっても忙しい日々が続いた。

大変だが、充実した時間だった。

ソーリスもすくすく成長して、ついに床を這い回ることができるようになった。

赤ん坊なのに、ものすごく機敏に動く。そして目を離すとすぐどこかへ行ってしまう。

子供部屋の付近では、いつもメイドたちに追いかけ回されているソーリスを見かけた。なんだか追いかけっこを楽しんでいるようだ。

でも、皆がソーリスの相手をしてくれるのはとても助かる。

彼女たちや、ホーリーさんと子供たちの協力で、なんとか無事にソーリスを見守ることができていた。

現在ソーリスは子供部屋で、ホーリーさんの子供たちと機嫌よく遊んでいる。

「ぶー」

ソーリスは綿が詰まった布のおもちゃを元気に振り回して投げた。ジャガイモの形をしたぬいぐるみである。

「ぶへっ」

ジャガイモは私の顔面に衝突し、コロコロと床に転がった。

(芋を投げるなんて。やっぱり私に似たのかしら)

複雑な思いを抱きながら、キャッキャと無邪気にはしゃぐ息子を観察する。

ソーリスは、今度はサツマイモのぬいぐるみを手に持って振り回し始めた。

そこへ、ナゼル様が仕事から帰ってくる。

「ただいま、アニエス」

「おかえりなさいませ、ナゼル様」

ソーリスを見守っていた私は、立ち上がってナゼル様に歩み寄る。

ナゼル様は私に微笑みかけると、芋を振り回すソーリスに視線を向けた。

ソーリスはタイミングよく「あぶー！」と声を上げ、サツマイモのぬいぐるみを空中へ放り投げる。

「アニエスみたい」

彼も同じことを思ったようだった。

ソーリスは、まだ元気にはしゃいでいる。芋投げが気に入ったようだ。

「そうだ、アニエス。今日、中心街の学校が完成したんだね」

ナゼル様はそのことで私に会いに来たようだ。

「はい！　学校は一階の出入口部分の浸水以外、大嵐の被害にも遭いませんでしたので。浸水部分の修復や掃除も終わりましたし、予定どおり始められそうです」

念願だったスートレナの学校が復興し、運営できるようになった。

いよいよ開校だ。

本格的な運営は乾季になってからで、それまではお試し運営となっている。

お試しで学校が始まってから、今まで気づかなかった問題があった際には都度対処することになっていた。

お昼は学校の食堂で摂(と)れ、生徒はかなりお安く食べられる仕組みになっている。

ここは料理の試作品の研究場所でもあり、もちろんおすすめは芋料理だ。

ちなみに、学校の理事長は私である！

初めての学校運営で不安な部分もあるが、マスルーノ国立学校の理事長バレン様を目標に頑張ろうと思う。彼は王子をやりながら理事長もやってのけているのだから。

復興が軌道に乗り始め、久しぶりに時間が取れたナゼル様とソーリスと一緒に、庭でお茶をすることになった。

ソーリスはまだ小さく、テラス席にある椅子には座れない。

かといって、乳母車だといつもどおりになる。

考えた末、私たちは雨の当たらない場所に布を敷いて、そこで過ごすことにした。屋敷から近すぎるピクニックである。

午後の庭には細やかな糸のような、穏やかな雨が降り注いでいた。

初めての庭でのピクニックに、ソーリスはどことなく嬉しそうな顔をしている。

「ぶー、ぶー！」

広げた布の上をはいはいで移動しながら、ご機嫌な声を上げていた。

今いるのは、テラスの近くで周りに何もないエリアだ。

屋根があるので雨季でも濡(ぬ)れない。

「あ、ソーリス、布の上から出ちゃ駄目よ」

「だぁー！」

ソーリスはちっともじっとしていない。今も土や草に興味を示し、触ろうと移動している。怪我(けが)をするようなものは周りにないが、雨に濡れてしまうので念のため連れ戻そうと手を伸ばす。

「ぶぅ！」

ソーリスは言葉で抗議し、目の前の地面をバシバシ叩(たた)く。

「あらら、手が汚れちゃった」

ソーリスの手を布で拭きながら、私はぬかるんだ地面を眺める。

（強くしたら、ソーリスが触っても泥だらけにならないかしら？　それとも、前のように土が改良されるだけかしら）

以前ポルピスタンで魔法をかけたときは、対象となる土がビッグホッパーの魔力によって汚染されていた。そのままでは何も育たない、不毛の土になってしまっていたのだ。

そんな土に私が何気なく「強くなぁれ」と魔法をかけてみたところ、汚染された部分は綺麗さっぱり消えて、あとにはふかふかの、やたらと植物がよく育つ土が現れた。

(今回の土はぬかるんでいるから、もしかすると乾いてくれるかもしれない)

試しに、土に手をかざしてみる。

「強くなぁれ!」

すると、不思議なことが起こった。

ぬかるんでぐちゃぐちゃだった土が、カチコチに固まってしまったのだ。

(たしかに乾燥した土を思い浮かべたけど……前に起きた変化と違いすぎる……)

また身を乗り出したソーリスが、先ほどと変わった形状の土を見て「キャー!」と喜びの声を上げた。そうしてまるで私の真似をするように、地面の上で手を動かし始める。

「だっだっ!」

「もう、ソーリスったら」

注意しようとしてソーリスの手を摑んだ私は、ふと違和感を覚えた。

「あら、ここの土……ふわふわになってる」

彼の周囲のカチコチだった土が、一瞬にして、まるで以前のポルピスタンの土のようにふかふかに変化したのだ。

もともとテラスの近くは色が薄くて硬い土ばかりだったので、元に戻ったというわけでもない。

黒くてふわふわした、森の中のような土に変わってしまっている。

「え、これ。ソーリスがやったの?」

信じられない思いで、変わり果てた庭の土を眺める。私たちのいる場所から、テラスの端くらいまでの地面が、まったく違う光景になってしまった。

「ナゼル様……」

「今のは、どう考えてもソーリスだね。まさか、一歳にもならないうちに魔法を使うなんて。それに、もしかして以前ポルピスタンで起こった変化は……」

「ええ、私の魔法ではなく、お腹にいたソーリスの力だったのかもしれません。さっき使った魔法では、土が硬くなっただけだったので」

普通、子供が最初に魔法を使い始めるのは、もう少し大きくなってからだ。

早くても一歳以上、平均は三歳だ。

生まれる前に魔法を使い始めたソーリスは例外中の例外だった。

「これがエミリオの言っていた『土壌操作』なのですね。土の浄化もできるなんて、すごいことだけど少し心配です」

「俺の魔法の土バージョンらしいけれど、土の性質をまるっと変えられるならすごいことだね。これも聖女の魔法と似た性質のものかもしれない。とはいえ、ソーリスはまだ一歳にもなっていない。『土壌操作』の力が土の浄化や良質化だけとも限らないし、物事を理解できるようになるまで、うかつに畑には近づけないほうがいいかもしれないね」

「畑の土がおかしな方向に変わってしまったら、作物が育たなくなる恐れもありますからね」

「うん……砂とか岩とか粘土に変えられたら困る」

ナゼル様の言うことは、もっともだった。

「俺も子供の頃、公爵家の庭をキノコだらけにしたことがあるんだ。小さかったから当時のことは覚えていないけど、大騒ぎになったらしい」

「素敵ですね。うちの庭でも、ぜひキノコを栽培しましょう。雨季ならいい感じに育ちそうです」

「あ、うん……素敵なんだ？　アニエスがそう言うなら、庭にキノコ栽培のスペースを作ろうか」

私に甘いナゼル様の頭の中では、着々とキノコ栽培についての計画が進んでいるように見えた。

そして、とりあえず、ソーリスの庭遊びは畑周辺以外で行うことが決まった。

引き続きナゼル様やソーリスとの時間を楽しんでいると、屋敷の裏口がある方角から、トッレとリリアンヌの声が聞こえてきた。

雨音に紛れながらも、二人の声がはっきり聞こえ、私とナゼル様は顔を見合わせる。

「リリアンヌッ！　お、俺と、結婚してくれ――――っ！」

今まで何度となく聞いた、トッレのリリアンヌに対するプロポーズだ。

ナゼル様も「あー。またか」という顔になっている。

毎回、ことあるごとにトッレはリリアンヌにプロポーズし、フラれている。

これまでのことに引け目を感じているリリアンヌは、トッレを気にするそぶりを見せつつも、プロポーズには応じない。まるでそれが、かつて罪を犯した自分への戒めだと思っているかのように。

それは拘置所を出た今でも変わらないようだ。

最初の頃に比べると、トッレとリリアンヌの仲は緩和している。

それどころか、リリアンヌもトッレに心を開いているように思えた。だからこそ、二人の関係がもどかしい。

当初は口を出さない方針でいたけれど、だんだん手助けしたくなってくる。

「俺を刺そうとしたことなんて気にしないで、さっさと結婚しちゃえばいいのにね。結局無事だったんだし、ロビンに対する証言のおかげでこっちも助かったんだから」

ナゼル様はのんびりした声で呟く。

「それを言ってさしあげればいいのでは？」

「それとなく話したことはあるよ。でも、『そうはいきません。これは自分の問題なのです』って、頑（かたく）なに否定されちゃった」

「あらまあ。でも、予想できてしまうわ」

リリアンヌは、なかなか意思が固いというか頑固である。

でも、罪悪感を理由にプロポーズを断られ続けているトッレも気の毒だ。

（二人とも、いい雰囲気なのに）

だからこそ、やはりもどかしい。なんとかならないものだろうか。

「あ、ぶー……」

考えていると、ソーリスの声で現実に呼び戻された。

ソーリスは今度は眠くなってしまったようだ。はいはいの姿勢で目をとろんとさせている。

「おや、ソーリスはそろそろお昼寝の時間かな」

ナゼル様はぺしゃりと体勢を崩してしまいそうなソーリスを抱き上げた。

おおらかな性格のソーリスは人見知りをせず、ナゼル様に抱っこされ、うとうとしたまま目を閉じてしまった。

「眠ってしまったね。可愛いな」

「はい」

「俺はこうしていると、家族ってとてもいいものだなと思えるんだ」

「私もです」

それはお互いに、よい縁に巡り合えたからなのだけれども。エバンテール家みたいな家族もいるし……。

「他人事(ひとごと)ではあるけれど、トッレとリリアンヌなら素敵な家庭を築けると思う」

「ええ、あの二人なら、お互いを思い合えるいい夫婦になれそうです。なにか、リリアンヌが納得するような特別なきっかけがあれば、トッレのプロポーズは成功するでしょうか。今の彼女が納得するとなると、難しいかもしれませんが……もう一押しで上手(うま)くいく気がするんです」

「同意見だよ。でも、それこそ俺たちのときみたいに、上からの命令のような強引な方法じゃないと、リリアンヌはどこまでも拒絶してしまいそうな気がする」

「私から、命令してみましょうか？　ミーア様のときのように」

「うーん」

話していると、トッレとリリアンヌがこちらへ歩いてきた。

互いを見つめて会話している二人は、ようやく私とナゼル様に気づく。

「ナゼルバート様！　アニエス様！」

トッレが元気よくこちらへ歩いてくる。リリアンヌも走ってきた。

だが、前を見て進んでいたトッレとリリアンヌが、とある場所で一緒に体勢を崩す。

（ああっ！　ソーリスが魔法で地面を変えちゃった場所だわ！）

土がふかふかになりすぎて、二人は足を取られてしまったらしい。

何も知らない犯人のソーリスは、すやすやとお昼寝している。

バランスを崩したリリアンヌが「きゃっ」と悲鳴を上げてトッレのほうへ倒れ込む。咄嗟に彼女を支えようとしたトッレだが、ずぶりと片足が土に沈み、一緒に仰向けに地面に倒れてしまった。

柔らかな土の上なので、怪我はないと思うが、トッレがリリアンヌに押し倒されたような体勢になっている。

先に我に返ったリリアンヌは、「ご、ごめんなさいっ」と混乱しながら、必死の表情でトッレに謝っていた。

トッレはというと……リリアンヌにもたれかかられた上に、押し倒されたせいで、真っ赤な顔をしたまま幸せそうに固まっている。

「こ、これは？」

驚いていると、リリアンヌが私たちを見て混乱したまま謝りだした。

「もももも申し訳ございません！　わ、私……なんてはしたないことを」

「リリアンヌ、事情はわかっているから。落ち着いて」

ナゼル様が彼女に告げる。だが、リリアンヌはまだ慌てていた。

もともと、ガチガチの貴族令嬢教育を受けていたリリアンヌだ。異性への免疫は、ないに等しい。

ロビン様と親しくしていたときも、「お喋り」と「手を握る」以外のことは特にしていなかったらしい。トッレと関わるときも同じようなものだ。

それがこんな事態になって、リリアンヌも平常心ではいられないのだろう。

「そうよね、どうしたらいいかわからないのよね」

リリアンヌは私の言葉に強く頷いた。

エバンテールの教育を受けてきた私は、異性との交際についてそれはもう厳しく指導されてきた。

一定以下の距離でのお喋り厳禁、挨拶以外でのふれあいは御法度などなど、交友に関する規則は両手足の指では足りないほどだ。

家の方針に反抗的だった私は、それらを真に受けなかったが、真面目に教育を受けてきたリリアンヌの頭には……ほとんど全ての規則が残っていそうだ。

そこまで考え、私はいいことを思いついた。

「リリアンヌ、いいことを思いついたわ」

救いを求めるように、リリアンヌの顔がこちらを向く。

「こうなってしまったからには……責任を取って、あなたがトッレと結婚すればいいの」

「アニエス!?　何を言い出すの!?」

ナゼル様が驚愕（きょうがく）の表情を浮かべた。

「ちょうどいいじゃない。あなたたちは相思相愛なのだから」

私の提案を聞いて起き上がりながら、リリアンヌはおろおろと落ち着きなく視線を動かし困惑した。

「ですが、そのようなこと。トッレ様に迷惑が」

「迷惑じゃな――――い！」

幸せの彼方（かなた）へ意識を飛ばしていたトッレが戻ってきたようだ。結婚の提案やリリアンヌの言葉に、しっかり返事をしている。

「ですが、トッレ様……」

立ち上がったリリアンヌが苦しげに、上半身を起こしたトッレを見つめた。

「何度も言うように、俺はリリアンヌと結婚したい！　俺のことが嫌いでなければ、責任を取って結婚してほしい！」

トッレの大声は屋敷中に響いているに違いない。

（あら、提案に便乗したわね）

彼らしくない動きだが、それだけ必死なのだろう。

「好きだ、リリアンヌ！　結婚してくれ！」

「責任、責任を……ああ、でも……」

もう一押しかもしれない。

「リリアンヌはトッレのことが好きなのよね」

「その……」

「大事なことなの。答えてちょうだい」

身を乗り出すと、リリアンヌは観念したように首を縦に振った。

「はい……」

小さな声だけれど、たしかに聞こえた。

リリアンヌの声限定の地獄耳であるトッレにも聞こえたようだ。

歓喜のあまり、彼は目を潤ませ始めている。

「なら、二人はさっさと婚約すること。領主の妻からの命令です」

今度はリリアンヌが放心したような顔になった。

「ええと、うちの屋敷内での婚前の不純異性交遊は禁止です。二人の関係が上手くいかなくなった場合のみ、私に相談しに来てね」

固まる彼女に、しっかり念押ししておく。強引だけれど、これでよし。

「では、私たちは屋敷に戻るわ」

ナゼル様とソーリスと一緒に、屋敷へ向かう。

広げた布やら何やらは、メイドたちが片付けてくれる手はずになっていた。

そっと後ろを振り返ると、リリアンヌとトッレが互いに顔を真っ赤にしながら、何かを話し合っていた。様子を見るに、悪いことではなさそうだ。

「アニエス、君にしては強引な言葉だったね。びっくりしたよ」

ナゼル様に話しかけられ、私はソーリスを抱いたままの彼を見上げる。

「ミーア様の真似をしてみたのですが、実はかなりドキドキしました……」

「あの二人にとっては、ちょうどよかったと思うよ。それに、君はどのように振る舞っても、ミーア元王女とは似ても似つかない。今回だって、あの二人を思っての行動だからね。お疲れ様」

私はそっとナゼル様に寄りかかってみた。

※

それから少しして、ソーリスは掴まり立ちができるようになった。

今は子供部屋で私と一緒に歩く練習をしている。傍にはナゼル様もいた。

「ソーリス、こっちよ。そう、上手でしゅね～」

「ぶー」

少し離れた場所に私が屈むと、ソーリスは一所懸命歩いてこようとする。

(可愛い……)

私は頰を緩めながら、よちよち歩くソーリスを手招きする。そんな私たちを、これまた頰を緩めたナゼル様が見つめていた。

「ソーリスはもう少しで歩けそうだね」

「はい、まだ途中で尻餅をついてしまいますが、歩き方が力強くなってきました」

「だぁ！　ぶぅ！　ぶー！」

肯定するように、ソーリスがご機嫌な声を発する。

しばらく歩く練習をしていたソーリスだが、疲れたのかそのうちとろんとした目になってきた。

私は彼を抱き上げて、赤ん坊用の揺りかごに移動させる。

「ソーリス、おやすみさない」

寝付きのいいソーリスは、すぐに熟睡し始めた。こういう部分は私に似ている。

「アニエス、ソーリスも眠ってしまったことだし……久しぶりに二人でゆっくり過ごさない？」

「は、はい」

メイドたちにソーリスを任せ、私はナゼル様と一緒に自分たちの寝室に向かった。

部屋に着くなり、ナゼル様は私を大げさに抱きしめる。

「あの、ナゼル様……」

「こうしてアニエスを独り占めできるのは久しぶりだな。最近は仕事が忙しかったり、一緒にソーリスの面倒を見たりしていたから。もちろんソーリスは可愛くて仕方がないけれど、アニエスとの時間も欲しいと思っていたんだ」

「ソーリスが生まれてからは、ロビン様のことや、嵐のこともあって大変でしたからね」

ナゼル様から一旦解放された私は、彼を促し部屋にあったソファーに並んで座る。

「アニエス……」

「ナゼル様」

見つめ合った私たちは、どちらからともなく口づけを交わした。

「ん……ん？　んんっ!?」

だが予想外にナゼル様のキスが深い。

私の動揺に気づいているだろうに、ナゼル様は唇を離さず、それどころか私の両腕を握ってソファーの上に拘束してくる。絶対にわざとだ。

「んーっ、んーっ！」

「アニエスは可愛い、本当に可愛いな……」

お酒は飲んでいないのに、ナゼル様は酔っているときのような口調になっている。

屋敷で働くメイドたちに「二人目のお子様も、すぐにお生まれになるでしょうね」なんて噂されていることは、全く知らない私であった。

番外編1　ワイバーンの恋

「うだぁぁぁぁう！」

ソーリスのはいはいは速い。焦ったメイドたちが小走りで追いかけるくらいだ。

上手に手足を動かし、小回りをきかせて家具に囲まれた部屋の中の狭い道をカーブする。

「あわわ、ソーリス様。お着替えしましょう」

「ぶぅ！」

「止まってくださーい」

この日も子供部屋で、ソーリスは元気に這い回っていた。着替えるのは嫌みたいである。

腕まくりをした私も皆に交じってソーリスの捕獲を試みた。

「むむっ、大人を躱そうだなんて百年早いわ。ホーリーさん、挟み撃ちです！」

「はい、お任せください～」

私とホーリーさんは、それぞれの方向からソーリスに迫る。

「ソーリス、もう逃げられないわよ」

「うふふ、ソーリス様。ついでにおしめも替えましょうねえ～」

「ぶぅぅぅ！」

大人げない二人に対し、ソーリスは大きな声でブーイングしている。

なんとなく、意思疎通ができているような、いないような。

とりあえず、二人の挟み撃ちに遭ったソーリスは無事に捕獲され、おしめを替えられた。

「ふう。ホーリーさん、メイドさんたち、いつもありがとう」

「いえいえ、私たちはこれがお仕事ですから～。ソーリス様は一度捕まえれば、あとは素直なんですよ～？」

歴戦のメイドたちは、「ソーリス様は比較的育てやすい赤ちゃんです。本当です」と言ってくれた。お世辞かもしれないけど……。

「最近は泣きわめくことも減りましたし、ご機嫌なことが多いんです。いつも私たちを和ませてくださるんですよ。ピリア様とも仲良しで……」

ピリアというのは、ホーリーさんの三番目の子供で、ソーリスと同い年の赤ちゃんである。ホーリーさんはメイドたちとも協力し、自分の子と一緒にソーリスの面倒を見てくれている。

あちこち出かける機会の多い私は、彼女たちのおかげで領主夫人としての仕事ができていた。

ソーリスと同じ男の子であるピリアは、よく眠る大人しい赤ちゃんだった。

穏やかな性格らしく、二人一緒に、並んではいはいしている光景も見られる。

「アニエス様はこれからお出かけですか？」

「そうなの。中心街の騎獣小屋の整備が済んだから、うちの庭に避難していた騎獣たちを戻すことになって。手伝ってくるわ」

「あらあら、お気をつけて～」

ホーリーさんとメイドたちに見送られ、私は庭へと移動する。

ナゼル様の魔法で生み出した植物でできた騎獣小屋の中では、ジェニの両親を始めとした騎獣たちが避難生活を送っていた。

ワイバーンだけでなく天馬たちもたくさんいる。

別の騎獣小屋にいるはずのジェニまで入り込んでいる。デービア様のワイバーンと一緒だ。

騎獣たちがやって来てから、ジェニはデービア様のワイバーンと一緒にいることが多くなった。もともと騎獣小屋を行き来していたりして仲良しなのだ。

デービア様のワイバーンもジェニには心を開いているようで、落ち着いた様子を見せている。

「ジェニ……ん？　なんだか、体の色が濃くない？」

淡いピンク色だったジェニの皮膚が、かなり派手などぎついピンク色に染まっている。

「こ、これは」

私は前に読んだ図鑑の、ワイバーンのページを思い出す。

「恋の予感！」

ワイバーンは求愛をするとき、体表の色が一時的に濃くなるのである。

「ジェニったら。その子が好きなのね」

よく見ると、デービア様のワイバーンの紫色も、少し濃くなっている。彼女は雌だ。

「両想いみたいね」

ほのぼのした気分で二頭のワイバーンを眺める。

（でも、デービア様のワイバーンは、今日で中心街の騎獣小屋に帰っちゃうのよね）
住む場所が離ればなれになるのは、少し可哀想な気がした。

（ここで一緒に暮らせないかしら？）

ワイバーンは賢い魔獣だ。

ナゼル様との戦いで敗れたデービア様は、罪人が送られる孤島であるペッペル島に飛ばされた。島からの脱出は禁止されているため、空路を移動できるワイバーンは連れて行けない。

だから、この子はストレナに引き取ることになった。

だいぶ環境に馴染んでくれてはいるが、ナゼル様に対しては複雑な感情を持っているだろう……ということで、中心街の騎獣小屋に預けていた。

でも、ジェニと戯れる彼女を見ていると、大丈夫かもしれないという気がしていた。

（避難生活中も、特に問題は起きなかったし）

紫色のワイバーンに近づいて尋ねた。

「ねえ、あなた。ジェニと一緒にここで暮らしたい？」

紫色のワイバーンは不思議そうな目で私を見た。

「キュル？」

「あなたが望むなら、私がナゼル様や騎獣小屋の職員さんに掛け合ってみるわ」

「キュルル」

話していると、ジェニものっしりと会話に交ざってくる。

ジェニは明らかに、彼女との同居を望んでいた。

つられて、紫色のワイバーンもゆっくり首を上下に動かす。肯定の意味のようだ。

「わかったわ」

私は騎獣を迎えに来た職員たちに、ワイバーンのことを相談しに行った。

結果、あっさり二頭の同居が承諾された。

様子を見に来たナゼル様も「いいよ」とのことである。

相性のいいワイバーン同士なら、子供が生まれる可能性が高いらしい。スートレナではワイバーンは貴重なので、増えてほしいという思いもあるようだ。

私はさっそく二頭に同居できることを伝えに行く。

「今日からあなたたちは、ここで一緒に暮らせるわ。いつまでも仮設の小屋というわけにはいかないし、ジェニの騎獣小屋を拡張して一緒に住めるようにするからね」

「キュルル！」

なんとなく、言いたいことが伝わったみたいだ。

二頭は嬉しそうに羽をバサバサさせている。風圧がすごい。

（ワイバーンの子供かあ。楽しみだなぁ。卵ってどんな感じなんだろう）

二頭の様子を見るに、それを見られるまで、さほど時間はかからないかもしれない。

こうして、我が家の庭には新しい住人が増えた。

ちなみに、ダンクは我関せずという様子で、畑の傍でひたすら草を食んでいた。

番外編2　ペッペル島の暮らし

ペッペル島はこの日ものどかな天気だった。

海洋へ出れば、天気は荒れがちになるが、島周辺の気候は一年中穏やかなのである。

海辺の木陰に手作りの椅子を持ってきて座ったミーアは、静かに本を読んでいた。

この島では、それくらいしか楽しみがないのだ。

今読んでいる本は、デービアの家から持ってきた。正確には彼の家ではないが、今の住人はデービアなので、そう呼ぶことにしている。

本を借りるついでに、彼と何気ない会話を交わすのが最近の楽しみだ。

穏やかでいて、確固たる自分の信念を持つ、幼なじみと言うには少し遠い存在。

互いの過去を知っている間柄のせいか、彼といると落ち着く。

(なんやかんやで、本当に困ったときには世話も焼いてくれるし)

ミーアは日に焼けた自分の右足に目をやった。太ももからふくらはぎにかけて、一筋の目立つ傷が走っている。

この島にいるのは、島で生まれ育った者ばかりではない。罪人の島でもあるので、それなりに大きな罪を犯した者がたまに運ばれてくる。

前回やって来たのは、王都で貴族の襲撃事件を起こした兵士だった。敵対していた貴族の命令で仕方なく仕事をさせられていたことが考慮され、死刑のところが島流しになったという。

だが、その男はペッペル島へ送られる裁定に不満を持っていた。国や王族を恨み、元王族であったミーアに刃を向けてきたのである。

もう王族から籍を抜かれたというのに、迷惑な話だ。

幸い、男は島民たちに取り押さえられた。だが、ミーアの怪我は酷く、出血多量で命を落とすかもしれない瀬戸際だった。

誰もが諦めそうになっていた中、それを処置してミーアを助けたのがデービアである。

幸い、まずい場所は切られていなかったようで、今も怪我の痛みを抑えながら、杖をついて問題なく歩けている。

罪を犯した男がどうなったかというと……詳しく知らない。

デービアが「あなたが気にする必要はありません」と微笑んでいたので、彼が王都にいた頃のように、男を適切に処分したのだと思う。それ以来、島で件の元兵士を見かけることはない。

（デービアは強いものね。島では『知的で穏やかな若者』で通っているけど……忌々しいナゼルバートと渡り合えるだけの実力がある）

つまり、島に送られた犯罪者程度には負けないのだ。

考え込んでいると、近くで明るい声が響いた。

「ああっ、ミーア、ここにいたべ？」

チラリと顔を上げて確認すると、島民の一人……道具職人の娘のラルゴが立っていた。

ミーアの杖を作ってくれた人物でもある。

「何か用かしら？」

「ああ、海岸に変なもんが流れ着いたから、ミーアなら何か知っているんじゃないかと思って聞きに来たんだべ」

「変なもの？」

不思議に思いながら立ち上がる。

「ミーア、もう足は大丈夫なのか？」

「ええ、走るのはデービアに禁止されているけど、ゆっくり歩くのは問題ないわ。しばらくは杖が必要でしょうけれど」

「じゃあ、見たほうが早いな。こっちだべ」

ラルゴに連れられながら、南国の植物が生い茂る小道を抜けていく。日差しが強い。

「ミーア、普通に歩いても大丈夫そうだな。デービアはミーアを心配しすぎだべ」

「そ、そう？」

「ああ、他の島民が怪我したときはもっと……あっさりだったべ。ミーアが血を流して気を失ったとき、デービアは今までにないくらい血相を変えていた」

「そうなの!?」

ミーアの心臓が大きく脈打った。勘違いして、デービアを意識してしまいそうになる。

（デービアは私が元王女だから、気を遣っているだけなのに）

今の自分に、王族の価値などない。

心を鎮めつつ、足を速める。

すると、島の外れの砂浜に、壊れた船が打ち上げられているのが見えた。

「あれだべ！　いつも来る船と違うんだ」

たしかに、いつも物資を運んでくる船とは違う。小さいし、模様も異なっていた。

「漁船が迷い込んだのかしら。人は乗っていないのね……」

民間の漁船だろうか。デービアの意見も聞きたい。

「わたくし、詳細が気になるわ。デービアを迎えに行ってきます」

「わかったべ。おらは仲間と一緒に船内を物色してくる、変わったもんが乗ってるかもしれねえからな。いいもんがあったら、ミーアのぶんも取っといてやるべ」

「……ありがとう」

相変わらず、ラルゴは好奇心旺盛だ。元気よく船のほうへ走っていった。島民にとっては、難破船も定期船も変わらないようだ。

ミーアはきびすを返し、デービアの家の方向へ向かった。

日の当たる細い道を山側へ向かって移動する。道の両側には、大人の掌（てのひら）ほどもある大きな赤い花が咲き誇っていた。

しばらく歩いていると、不意に近くの茂みがガサゴソと音を立てた。そして、むっちりした物体が勢いよくミーアに向かって飛び出してくる。

「キャアッ!!　何?」

悲鳴を上げて後ろに飛び退いた。島に住む動物だろうか。

負荷がかかった右足が痛む。

ビュンと茂みから飛び出してきたのは、数匹の巨大な芋虫だった。

(普通の芋虫ではないわ……魔獣?)

むちむちした芋虫は子供の腕くらいの大きさがある。ここへ来たばかりの頃に比べればたいぶマシになったが、ミーアは虫が大の苦手だった。

魔獣のような大きな虫は……特に。

「ヒャアアアアア――――ッ」

ミーアの悲鳴が島中にこだました。

びっくりした芋虫が一斉に、威嚇するようにミーアに向けて糸を吐く。体が大きいからか、吐く糸の量が普通の芋虫とは桁違いだ。

粘着性のある糸がミーアに降りかかり、ミーアは再び悲鳴を上げて尻餅をついた。

芋虫もパニックになっているのか、糸を吐き終わらない。このままでは体中が糸だらけになりそうだ。

立ち上がろうとしようにも、手から離れた杖が遠くへ転がっていったので取りに行けない。ミーアを絶望が襲った。

(どうすれば……私、このまま繭になってしまうのかしら)

温室育ちのミーアは、こういうときどうしていいかわからず、体が竦んでしまう。

ミーアは思わず目をつむった。

（もう駄目！　ショックすぎて気絶してしまいそう……）

そのとき、誰かの腕がミーアの肩にかかった。

強制的に後ろに引かれて芋虫から離される。遠のいていた意識が、徐々にはっきりしてきた。

すると、自分と芋虫たちの間に人が立っているのが目に入る。

「あ、あなた……」

ミーアを庇って立つのは、悲鳴を聞きつけてやって来たであろうデービアだった。

「びっくりして駆けつけてみれば。どういう状況なんです？　これ……」

自分についた大量の糸を払いつつ、ミーアはデービアに説明した。

「この芋虫がいきなり目の前に飛び出してきたんですわ。それで……」

「驚いて、互いにパニックになったと」

「そうよ」

デービアが間に入ったのがよかったのか、芋虫も冷静さを取り戻したようで、のそのそと道を横切って去って行く。

彼の魔法は小型の生き物であれば、なんでも使役できてしまうというものだ。その過程である程度のコミュニケーションも取ることができる。

小型の生き物の中に虫も含まれているとは知らなかったが……。

デービアは魔法を使ってペッペル島を出られそうな気もするが、彼には島の外へ出る気がない。

現国王のベルトランもそれをわかっているので、彼に関しては沙汰を下して以来、干渉していない。

「ファットクロウラーという、ペッペル島独自の無害な芋虫型魔獣です。成虫は巨大な瑠璃色の蝶になりますよ」

振り返ったデービアは、淡々と説明する。

「そういえば以前、島で大きな蝶を見たわ」

「島にある木の葉や雑草だけを食べる、人間には害をなさない魔獣です。臆病なので、驚くと糸を吐きますが」

「幼虫なのに大きすぎだわ」

「魔獣なので普通の虫より大きいのは仕方がありません」

デービアはミーアの脇に手を入れて「よいしょ」と引き上げ立たせる。

転がっていた杖も拾ってきてくれた。

「……どうも」

何かと自分の世話を焼いてくれる彼に、ミーアの心は激しく揺れ動いていた。

デービアに対し、ミーアはロビンに浮かれていた頃とは明らかに違う感情を抱いてしまっている。

(ここへ来るまでの私は、ロビンのいいところにしか目が行かず、勝手な行動に気づかなかった……いいえ、気づかないようにしていた。認めるのが怖かったから)

真実を受け入れてしまえば、自分が真に愛されていない、都合のいい存在だったという現実が浮き彫りになってしまう。それが嫌だった。

ロビンに恋していた頃のミーアはいつも嫉妬に駆られ、心に余裕がなかった。彼のことが好きだったはずなのにずっと苦しいばかりだった。

僅かでも落ち着けたのは、ロビンに魔法をかけてもらっていた間だけ。

だが、デービアは違うのだ。彼と一緒にいると、何もしていなくてもとても心が楽である。

「ミーア様、お怪我は?」

「大丈夫よ。助けてくれてありがとう」

かつて「王女殿下」と呼んでいたのを指摘して以来、デービアは自分を「ミーア様」と呼ぶようになった。敬称をつけなくてもいいと伝えてみたが、彼は断固として取らない。

また、彼の持つ「変な美学」が働いたのかもしれない。

デービアは心配そうにミーアを観察する。平気だと伝えたのに。

「そうそう、浜辺に難破船が打ち上げられていたわ。でもどこの船かわからなくて……」

「珍しいですね、行ってみましょう」

船の中にあったものは、もう島民たちが持って帰っているかもしれないが。

彼らは好奇心の赴くまま行動し、外から流れてきたものは全部、自分たちへの恩恵だと考えている節がある。

「でもその前に」

デービアはじっとミーアを見つめた。

「あなたのその格好をなんとかしましょう。頭からつま先まで細かな糸まみれです」

「……」

たしかに、着替えて体を洗う必要がありそうだ。

本当に嫌になるが、島で生活していく以上、慣れていくしかない。

「はあ、仕方がありませんわね」

デービアと話をしながら、ミーアは一緒に我が家へ向かう。

自然と差し出された彼の手を取り、ミーアは舗装されていない道を歩き出した。もう片方の手は杖を握っている。

よたよたとおぼつかない足取りのミーアを見かねたのか、デービアは「失礼」と言ってミーアを抱き上げた。

「なっ、なっ……」

「そのままでは家に着くまでに日が暮れてしまいますよ」

「そんなにトロくありませんわ！」

やいやい抗議しつつ、ミーアたちは真っ赤な花の咲く小道を進む。

鳥の鳴き声、虫の羽音。

ペッペル島は今日も変わらず、田舎丸出しの辺鄙（へんぴ）な場所だ。

食べ物のバリエーションは増えてきたが、基本が自給自足のため、王宮で口にしていた一流シェ

フの料理からほど遠い出来栄えの品々が毎日食卓に上る。

ミーアも母も調理は大の苦手なのだ。

いちばんまともな品を作れるのは、やはりデービアだった。

しかし、彼は気まぐれで、気分の乗ったときしか料理を作ってくれない。たぶん、毎日気軽に出していたら、彼の家がミーアたちの食堂になることがわかっているのだろう。

デービアはミーアたちの自立を望んでいるようだ。それでいて、本当に困ったときは惜しみなく手を差し伸べてくれる。

(わかりにくい奴(やつ)ね)

それでも、別の意味でわかりにくかったナゼルバートとは比べものにならないほど、ミーアはデービアを気に入っている。

本人の前では決して口に出さないが。

(きっとデービアも、そんなことは望んでいないと思うのよね。私、我儘(わがまま)だし……バツイチだし、子持ちだし……)

以前のように多くは望めない。

ただ、デービアの前が一番自然体でいられるミーアは、この生活も案外悪くはないと思い始めているのだった。

番外編3　スートレナ芋投げ大会

スートレナの地域おこし行事、「芋投げ大会」が行われることになった。

これは、魔法なしで誰が一番遠くまで芋を投げられるかを競うものだ。

（ナゼル様の圧勝よね？）

……と思っていたら、彼は大会運営のため参加しないそうだ。

（それなら、公平性を欠くことはなくなったかも。トッレも強そうだけど）

大会に使用される芋は、投擲（とうてき）用に改良されたピンク里芋である。

もともと、私が護身用に持ち歩いていた。

ピンク里芋は食べられないことはないが、とても固い上に味も土っぽく美味（おい）しくない。今までにこの芋を完食したのは、ポルピスタンのビッグホッパーくらいだ。

だが私は敢（あ）えて、ナゼル様にこの品種をたくさん生み出してもらった。食料である普通の芋を武器として投げるのには罪悪感が伴ったので。

食べることを目的としない品種のピンク里芋なら、気軽に投げることができる。

固く、形も揃（そろ）っており、保存も利きやすい。土の上に落ちても、勝手に芽吹いたりしない。「絶対強化」の魔法もかけやすい。

まさに、完璧な「護身芋」である。

元は私がポケットに入れて持ち歩くために生まれたが、最近ではメイドたちも「護身芋」として
ピンク里芋を持ち歩いている。

以前から強化した山芋は護身用として持ち歩かれていたが、最近では女性の間では里芋が大ブレイクしていた。軽くて持ち運びやすく、身近にあるもの、かつ見た目が可愛(かわい)いからというのが理由である。

ピンク色なのは、ナゼル様が、私が持ち歩くのに可愛いからという理由で色をつけてくれたからだ。様々な色を試したが、ピンク色が一番しっくりきた。

スートレナでのピンク里芋ブームのきっかけは、魔獣退治係のフルラが大々的に使っているのを見て、領民がうちの屋敷に問い合わせてきたことだ。

以来、一般向けにもピンク里芋の販売を始めた。

護身芋は商人として独立したメイドたちが、街で売ってくれている。コミュニケーション力の高い彼女たちは商魂もたくましく、売り上げは伸びているそうだ。最近はケリーも護身用にとポケットに芋を常備している。

ちなみに、リリアンヌは自身の魔法が強力なので芋は持っていなかった。彼女はおしとやかに見えて、素は割と大胆なご令嬢だったのだ。

そんなこんなで、芋投げ大会の日が迫ってきていた。

大会には男性の部、女性の部、子供の部がある。

男性の部の最有力候補はトッレ、女性の部はフルラだった。

（ソーリスがもう少し大きくなったら、参加できるかしら）

私は大会に参加しないが、盛り上げ要員としてオープニングセレモニーで芋を投げることになっていた。これも領主夫人のお仕事だ。今回は絶対強化の魔法を使わないので、大した距離は飛ばないと思う……。

砦（とりで）を訪れた私は今、ナゼル様からそのことを聞いたばかりであった。

「ふふふ、アニエスの投擲姿、楽しみだね」

勝手に私のオープニングセレモニー参加を企画したのは、何を隠そうナゼル様である。

立派な職権乱用だが、なぜか領民から支持されていた。代表的なのは、像職人の皆さんである。

「あらぬ方向へ芋が飛んでいったらどうしましょう」

「それもまたよし。明後日（あさって）の方向に芋を投げる君も、可愛いと思うよ」

（いいんだ……？）

ナゼル様のよしとする基準が、年々わからなくなる私だった。

そうしていいよいよ、芋投げ大会の日がやって来た。私はナゼル様と控え室で待機している。会場は砦の前の広場だ。

実況の係は駆り出された職員のポールとリュークだった。新人だから司会を割り当てられたのだろう。

（あの二人、大丈夫かしら。どちらも司会のイメージがないわ）

私はハラハラした。

開会式があり、続いて私が広場の中央へ出て芋を投げる。やや緊張しつつ、私は芋を構えた。

「え、えーい」

まっすぐ投げたはずの芋は、なぜか斜めの方向へ軌道を描く。

「おおーっと！　砦の方向に芋が飛んでいった――――！　姉上、コースを外れています！」

ポールの容赦ない実況が聞こえる。

（ひえええっ）

私の投げた芋は、やはりあらぬ方向へ飛んでいったようだ。

客席から、緩んだ表情のナゼル様がにこにこしている姿が見える。

「え、ええっと……以上で、セレモニーは終了します！」

ポールが大胆にオープニングセレモニーを強制終了させた。

私は、すごすごとナゼル様の元へ戻る。

上気した表情のナゼル様は「すごく可愛かったよ」と、ぜんぜん慰めになっていない励ましをくれた。

続いては十歳以上の男性の部のスタートだ。

参加した領民たちが何組かに分かれ、次々に芋を投げていった。皆、健闘している。

続いて、ひょろっとヘンリーさんが出てきた。

（ヘンリーさん、大丈夫!?　というか、参加していたの!?）

ナゼル様の代わりに砦の代表として参加しているようだ。彼の投げた芋は、予想どおりヒョロ

ヒョロと飛び、だがしかし割といい成績を残した。

「現在、第二位の記録です！」

実況席のポールたちも盛り上がっている。

応援に来ているホーリーさんや、彼の息子たちも喜んでいた。

ちなみに、今日のソーリスは家でベテランメイドとリリアンヌが見てくれている。

侍女として復帰したリリアンヌだが、まだ大勢の前に姿を見せることは抵抗があるようだ。

結婚式もスートレナの知り合いだけの少人数のものだった。

そういうわけで、ヘンリーさん一家は観客席に揃っている。

「男性の部は次の組で最後です」

客席から歓声が沸く。優勝候補のトッレが姿を見せた。

トッレは腕を回して準備体操をし、芋を構える。そして……。

「投げた――――！」

トッレの芋は猛スピードで前方へ飛んでいった。コントロールも上手い。

「さすが、トッレさん！　新記録！　あっという間に一位に躍り出ました！」

また歓声が上がった。ポールの実況も熱い。

「男性の部の優勝はトッレ選手！」

各所で盛大な拍手が上がる。

次は女性の部だった。参加者の女性たちが流れるような動作で順番に芋を投げていく。

優勝候補と言われていたフルラだが、大会ではものを浮遊させる魔法を使用できないため、記録はいまいちだった。離れた場所から、悔しがって叫ぶ声が聞こえてくる。

いつの間にか参加していたホーリーさんが、割といい記録を出していたことには驚いた。芋に慣れているからか、料理人のメイーザも強い。

「さあ、次のグループです！」

私とナゼル様は、次の参加者に目をやった。

なんと、次はケリーの順番だ。

「ケリー！　頑張って！」

彼女は真剣な面持ちで芋を構えている。

そうして、完璧なフォームでビュンとまっすぐ芋を投げた。いい玉……いや、いい芋だ。

「ケリーさ――――ん！」

「すごい、素晴らしい！」

「かなり飛んでます！」

「格好いい!!」

「最高です！」

ポールとリュークが交互に叫んだ。大いに私情の混じった、ひいき気味の実況である。

大穴のケリーは暫定一位に躍り出て、そのまま逃げ切り優勝した。

ちなみに、子供の部ではヘンリーさんとホーリーさんの長男が優勝した。

知っている人が連続して優勝するという、驚きの結果だ。

各優勝者には里芋を模したトロフィーと、僅かながら賞金が贈られる。

こうして、芋投げ大会は大盛況のうちに幕を閉じた。

像職人たちが「芋を明後日の方向へ投げる領主夫人像」について相談しているのを見てしまったので、それが気がかりといえば気がかりだが……。ナゼル様、建設許可出しそうだし……。

今やスートレナ中心街の至る所に領主夫人像があって、最初は慄(おのの)いていた私も慣れてきてしまった。

「さて、アニエス。俺はこれから事後処理諸々(もろもろ)の用事があるのだけれど」

「お手伝いします！」

「いや……会場設備の撤去とか力仕事メインだから、砦の男性職員にお願いしているんだ」

あまり役に立てそうにないようだ。

帰ったほうがいいのか迷っていると、ナゼル様が「いいことを思いついた」と意味深に微笑(ほほえ)んだ。

こういうときのナゼル様は大体、ろくでもないことを考えている。

今までの経験と勘が私に告げていた。

「アニエスは指示を出す俺の隣にいてほしいな」

「……それはお手伝いと言えるのでしょうか？」

「もちろんだよ。俺のやる気と効率が上がる。あと、アニエスの目線で何か気づいたことがあれば教えて？」

「ですが」

いいのだろうかと辺りを見回すと、職員の皆さんが「ぜひぜひ、アニエス様がいらっしゃるときのナゼルバート様は優しいので」と歓迎されてしまった。

（私の知る限り、ナゼル様はいつも優しいのだけれど？）

じっと彼の顔を観察していると、視線に気づいた琥珀色の瞳と目が合う。

「……！」

「じっと見つめられると照れてしまうのだけれど……責任をとって、さっそくアニエスには一働きしてもらおうかな」

そう言って、後ろから私を抱きしめるナゼル様。そんなことをしつつも、的確に部下に指示を出している。

「……あのぅ、これって働きのうちに入るのでしょうか？」

「もちろん。俺は今、とても癒やされてる」

近頃のナゼル様の行動は、どんどん極端になってきていた。

しかし、誰も止めないどころか公認されており、今に至っては歓迎すらされている。

通りすがりの職員さんがまた、私に向かって「ありがとうございます！」とサムズアップして去って行った。

その間も、ナゼル様は私を離さない。

「もう、ナゼル様。いいかげんに……ひゃっ!?」

抱きしめられたまま振り返ると、間近にナゼル様の麗しいご尊顔があった。

しかも、徐々に近づいてきているような。

「んむ……」

気づいたときには、あっさり唇を奪われていた。

（こ、こんなところで）

目立っているのではないだろうかと内心焦ってしまう。

だが、職員の人たちはこちらを見ないようにして、働き続けているようだった。

ナゼル様の仕事の能率が上がれば、なんでもいいらしい。

その後、諸々の作業が落ち着くまで、私はナゼル様に密着されて事後処理の時間を過ごしたのだった。

あとがき

こんにちは、桜あげはです。「芋くさ令嬢ですが悪役令息を助けたら気に入られました6」をお買い上げいただきありがとうございます！

今回は表紙をご覧になってお気づきかと思いますが、なんと可愛いベイビーがいます！

そう、アニエスとナゼルの赤ちゃんです！

くろでこ先生がとてもキュートに描いてくださっています！

ＷＥＢ版の番外編で少し育ったソーリスは書いていましたが、こちらではきちんと赤ちゃんスタートになっております。０歳の時点で、危険と紙一重の将来有望さを発揮中。

まだ赤ちゃんですが、徐々に個性を出していきたいなと思っています。

私には子供がいないので、今巻は赤ちゃんについて調べながら手探りの執筆となりました。

ネットを見たり、子供がいる人に聞いたりと諸々情報収集していますが、なんか違ってたらすみません。今さらですが、実は5巻の妊娠の時点からいろいろ調べていました……。

妊娠中や赤ちゃん連れだと、アニエスに長距離移動させたり、無茶なことをさせたりしづらいので、活躍の場をどうしようかと悩みました。

今回はロビンが復活し、無精髭を生やしたややワイルドに成長した俺ちゃんになっております。

センプリ修道院の男たちに精神的にも物理的にも揉まれて、ちょっとだけ強くなりました。

彼を手助けするデフィは、やる気はともかく優秀なイケメンキャラです。今回初登場ですが、ロ絵や挿絵が格好良くてニマニマ笑っていました。

あと、番外編ではミーアとデービアがあんな感じになりました（笑）

芋くさ令嬢はただいま、七浦なりな先生のコミックが4巻まで発売中です。

とても面白い漫画ですので、こちらもよろしくお願いします！

今回も担当様には大変お世話になりました（いつもすみません）。ベイビーの登場でアニエスをどう動かそうかと迷い始め、しばらくフリーズしていたので、助けていただき感謝いたします。

毎回、気分の上がるイラストを描いてくださる、くろでこ先生、素敵にデザインしてくださるデザイナー様、芋くさ令嬢の出版や販売に関わってくださった皆様、本書をお手にとってくださった読者様、誠にありがとうございます。

皆様のお力により、芋くさ令嬢もついに6巻まで出させていただくことができました。

心より感謝申し上げます！

それでは、またお会いできることを願っております。

桜あげは

作品のご感想、
ファンレターを
お待ちしています

あて先

〒141-0031　東京都品川区西五反田 8-1-5 五反田光和ビル4階
ライトノベル編集部
「桜あげは」先生係／「くろでこ」先生係

スマホ、PCからWEBアンケートにご協力ください

アンケートにご協力いただいた方には、下記スペシャルコンテンツをプレゼントします。
★本書イラストの「無料壁紙」　★毎月10名様に抽選で「図書カード（1000円分）」

公式HPもしくは左記の二次元バーコードまたはURLよりアクセスしてください。
▶ **https://over-lap.co.jp/824006660**
※スマートフォンとPCからのアクセスにのみ対応しております。
※サイトへのアクセスや登録時に発生する通信費等はご負担ください。

オーバーラップノベルスf 公式HP ▶ **https://over-lap.co.jp/lnv/**

芋くさ令嬢ですが悪役令息を助けたら気に入られました 6

発行　2023年11月25日　初版第一刷発行

著者　桜あげは

イラスト　くろでこ

発行者　永田勝治

発行所　株式会社オーバーラップ
〒141-0031
東京都品川区西五反田 8-1-5

校正・DTP　株式会社鷗来堂

印刷・製本　大日本印刷株式会社

ISBN 978-4-8240-0666-0 C0093

【オーバーラップ　カスタマーサポート】
電話　03-6219-0850
受付時間　10時～18時（土日祝日をのぞく）